中公文庫

新装版

奇貨居くべし（二）

火雲篇

宮城谷昌光

中央公論新社

奇貨居くべし㈡　火雲篇　目次

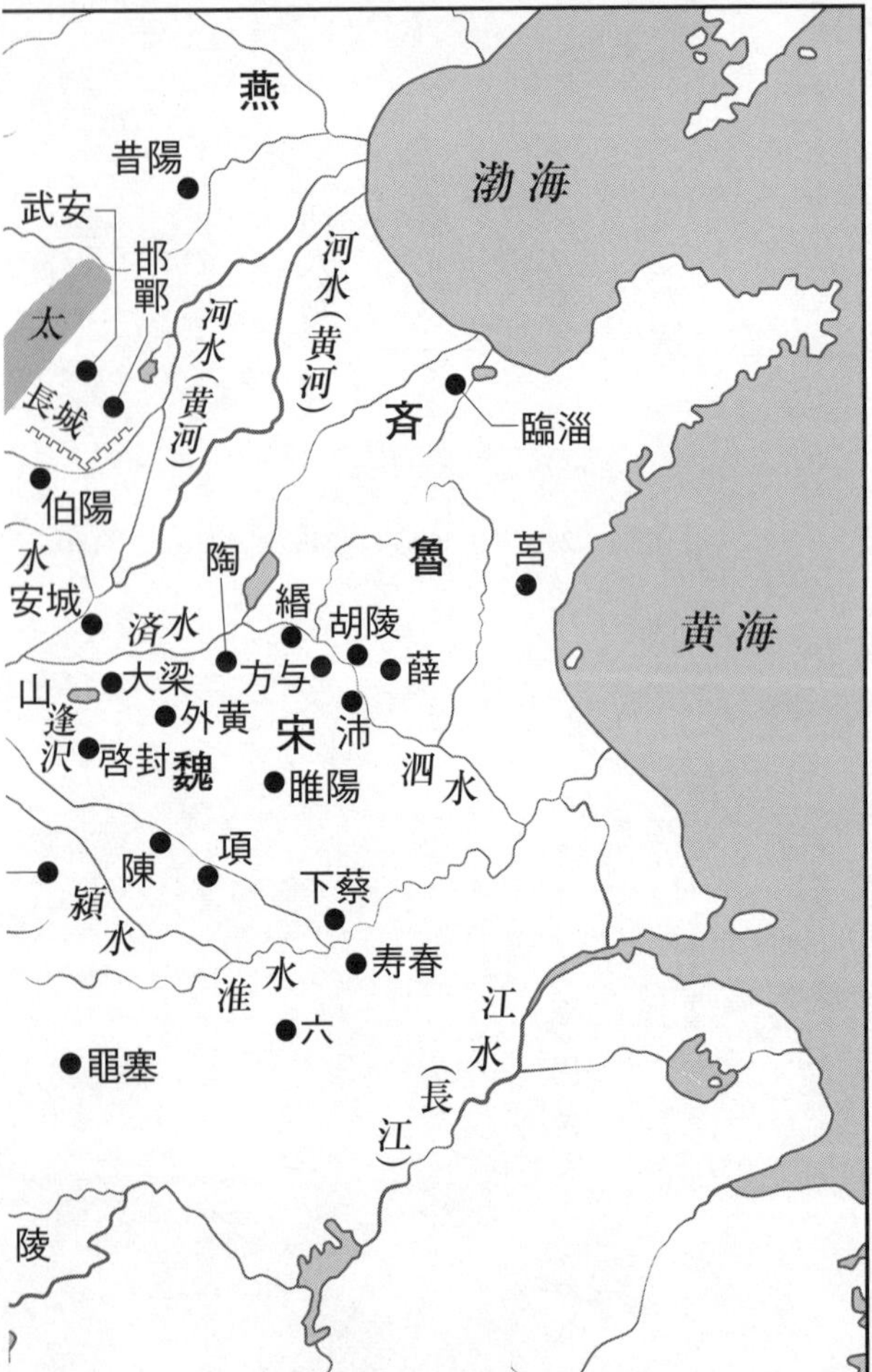
燕
昔陽
武安
邯鄲
太
長城
伯陽
水
安城
河水（黄河）
河水（黄河）
渤海
斉
臨淄
魯
莒
陶
緡
胡陵
済水
方与
薛
大梁
山
逢沢
外黄
沛
宋
啓封
魏
睢陽
泗水
黄海
陳
項
下蔡
潁水
寿春
淮水
六
江水（長江）
黽塞
陵

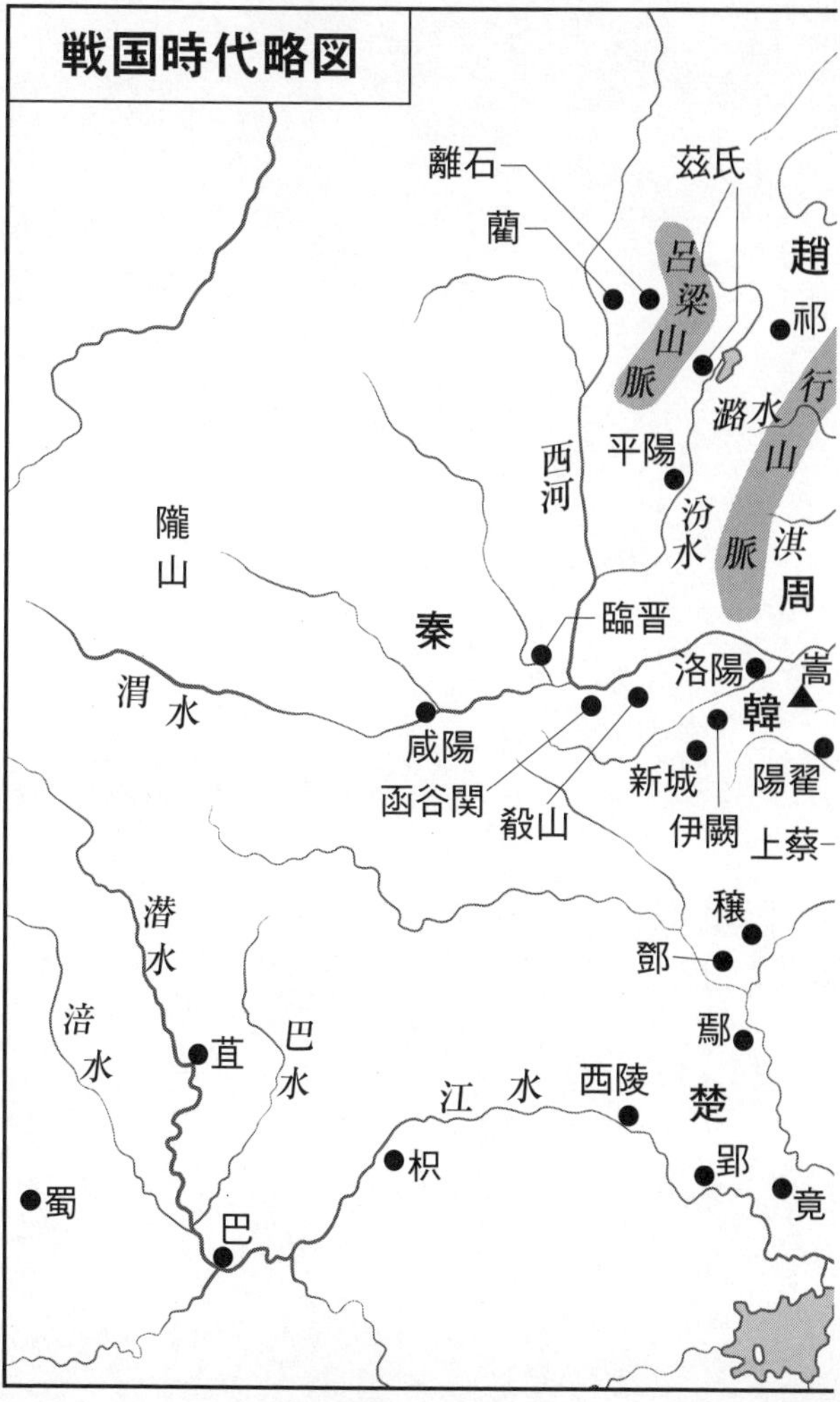
戦国時代略図
離石
茲氏
藺
呂梁山脈
趙
祁
潞水
行山脈
平陽
西河
汾水
淇
周
隴山
秦
臨晋
洛陽
嵩
渭水
韓
咸陽
函谷関
殽山
新城
陽翟
伊闕
上蔡
穰
鄧
潜水
涪水
苴
巴水
鄢
江水
西陵
楚
枳
郢
竟
蜀
巴

奇貨居くべし㈡ 火雲篇

流下

一

藺《りん》や離石《りせき》のあたりでは、往時でも、秦《しん》と趙《ちょう》の攻防がおこなわれた。

趙の恵文《けいぶん》王の祖父にあたる粛《しゅく》侯の晩年に、趙軍は黄河の西岸で秦軍に大敗し、趙疵《ちょうし》という将軍が殺された。秦軍は戦勝の余勢を駆《か》って渡河し、藺と離石の二邑を奪った。粛侯の子であり、恵文王の父である武霊《ぶれい》王が、それら二邑を奪いかえして、いまにいたっているのである。

黄河が太い幹であるとすれば、その幹は汾水《ふんすい》という枝をのばしている。幹と枝のあいだに咲いている花が、藺、皋狼《こうろう》（光狼）、離石、中陽《ちゅうよう》、茲氏《じし》などの邑である。

秦は早春にそれらの花をむしりとるために軍を発しようとしていた。

それよりまえに、僖福《きふく》は邑主《ゆうしゅ》の使いとして高告《こうこく》家をたずね、韋を召還したのである。


「疾《やまい》が快癒《かいゆ》したら、邯鄲《かんたん》にもどるように」

ということばを呂不韋《りょふい》につたえた。邯鄲にいる藺相如《りんしょうじょ》が藺の邑主を通じて呂不韋を召還したのである。

じつは雪融《ど》けまえに藺相如の使いが高告家に到り、

「主人がお待ちしております」

と、呂不韋の帰還をうながした。が、呂不韋は、

「まだ体調が万全ではありませんので」

と、いい、邯鄲行きにためらいをみせた。使者のみるところ、呂不韋はすっかり健康をとりもどしている。それゆえ、復命した使者は、

「呂氏は邯鄲に帰りたくないのでは……」

と、感想をそえて藺相如に報告した。

——呂不韋はわしに怨みがあるか。

藺相如は死の淵に落ちかけた呂不韋をみすてて帰路をいそいだ。主命が優先するので、それはやむをえない。が、藺相如の臣下ではない呂不韋にしてみれば、義侠心《きょうしん》によって立ち、幽明の境を敢然と走り、藺相如という知己のために璧《へき》を守りぬいたのに、仆《たお》れてしまえば一瞥《いちべつ》もされぬという情の涼《うす》い捐棄《えんき》を経て、藺相如から

心を離したのかもしれない。

——童子ひとりの心もつかめぬのか。

藺相如は自己を嫌悪した。

食客数千人といわれる孟嘗君《もうしょうくん》の懿徳《いとく》をあらためて痛感した。それにひきかえ、自分は呂不韋へのおもいやりに欠けていた。罹病《りびょう》した呂不韋を高告にまかせるのはよいとして、従僕でよいから配下のひとりを呂不韋につきそわせるべきであった。そういう悔やみがある。

——とにかく、呂不韋に報いたい。

ところがおもいがけなく高位に陞《のぼ》った藺相如は、邯鄲からでられない。呂不韋に邯鄲にきてもらうしかないのである。

——強引に呼び寄せるしかない。

またしても藺相如は自分を嫌悪しつつ、藺の邑主から命令をくだしてもらい、呂不韋を帰還させることにした。

が、呂不韋が藺邑を去りたくないわけは、藺相如になく、僖福にあった。なにをどうするということはないのだが、僖福がこの邑にいて、自分もこの邑にいる、ということだけで安心した。藺邑をでてしまえば、母の胎内《たいない》からでたように、

その安心はくずれてしまう。それゆえ、

「ご迷惑でなければ、もうしばらく住まわせてください」

と、呂不韋は高告にいった。

「わが家を気にいってくれたのであれば、半年でも、一年でも——」

と、高告は温かみのある声でいった。高告よりも高告の妻のほうが、わが子をみるような目で、呂不韋に情を移しはじめている。この家の感情が呂不韋をやわらかくくるんでいる。呂不韋は肩の力をぬいたいごこちの良さのなかにいるといえる。

こうしたなかで呂不韋は僖福の窈糾《ようきゅう》とした姿を空想した。ときには空想の闇のなかに、彩衣を脱ぎ落としたのびやかな裸身が仄《ほの》かな光を放った。が、実際の僖福はもうすこし強い美しさをもっており、いわば、遒美《しゅうび》であるのだが、しばらく会わないと、呂不韋のなかで想起がくりかえされるたびに、その遒美はほどよく弱められ、そこに爽やかな優しさがそえられ、理想の女性像にかぎりなく接近してゆくようであった。もともとすぐれた感性をもっている呂不韋は、僖福をもとに僖福を超える女を想像のなかで創りつつあった。

ある日、僖福は呂不韋の目のまえにいた。邑主の使者であるという。

空想の目を捐《す》て、ひさしぶりに僖福をじかにみると、呂不韋はとまどいをおぼえた。装飾を剝《は》いだようななまなましさがあり、女というものが男を刺戟せずにはおかぬなまめかしさそのものであるように感じられた。

「わかりました」

と、呂不韋はあきらめをふくんでいった。邯鄲へ帰りたくないわけをいったところで、僖福を当惑させるだけであろう。

呂不韋がものわかりのよさをみせてくれたことで、僖福はほっとしたようである。それと同時に、多少の感傷をおぼえたようである。自分はこの童子を助けたというおもいのほかに、おもてにはだせぬ女としての感情がある。

「お送りしましょう」

呂不韋はちかごろ馬を御《ぎょ》すことをおぼえたので、高告家の輶《ゆう》車《しゃ》を借りて、僖福を乗せた。この車は邑主のいる宮室にむかわず、邑の外にでて、さらに走り、郊外の野でとまった。

一面、若い青が噴きだしている。

地から光が湧きあがっているようで、地の力をはげしく感じさせる明るさであった。

その春の色のなかに呂不韋と僖福は淪《しず》み、ひそかに呼吸を合わせた。

馬車が邑の外にむかったとき、僖福は心中で、

「あっ」

と、小さな叫びをあげたが、その声はのどをかけのぼって、手綱をもつ呂不韋の手を掣《せい》する声にはならなかった。馬車はふたりの感情のながれに浮かぶ舟のようで、岸につくまではとめようがない。僖福は自分にさからうことをやめようとした。こうありたいと心の深みで願っていた自分に近づいているにすぎないではないか。ただしこの素直さのむこうには、おそらく色濃い悲哀があり、呂不韋とは永遠にはなれて生きてゆくことに悩む自分があり、思い切って馬車をひきかえさせれば、ここに淡い愁いが生じるかもしれないが、未来にあるべき感情の深淵は消えるような気がした。どちらをえらぶか、自分に問いながら、ついに野の青さに染まった。

一瞬、視界は空の色だけになった。

——幼稚な……。

と、僖福は自分を嗤《わら》った。男女のいとなみとしては単純すぎるような気がした。欲望を自制してこそ成人であるといえる。が、そうではない自分が、あきれるほど幼かった。

ただし、ここを過ぎれば、こういう幼さにはついに立ち返れない自分があり、そ

うおもえばいまが幼冲《ようちゅう》との別れ際であった。

空が翳《かげ》った。呂不韋の息が近くなった。

肌理《きり》から藹《あい》として立ち昇るものがある。僖福は目をつむった。四肢がせつなくなった。そのせつなさが何かを描こうとしているのだが、膚肌《ふき》の浅いところで象《かたち》を結ばぬうちに、小さな苦痛によって崩されつづけた。崩れた線や色は手足の窪《くぼ》みを求めてさまよっている。関節が重くなった。急に、からだのすべてから陰翳《いんえい》が消されたような衝撃があり、そのあと、一洗された感情に染められた。感情のふるえが、どちらかの足の痙攣《けいれん》となったようであり、それを自覚したことが感動に変わった。自分を押しながしてゆく力の所在が自分のなかにあり、同時に、その力にさからいたい自分もあり、そういう摩擦のなかで、自分がとりかえしのつかない乱れになることを恐れるように、僖福は呂不韋にすがった。

呂不韋は美しいものをみていた。

精白さに血の色がさしのぼってゆく。息が色づいた、とみえた。全身がやわらかさとふくらみとなだらかさをもって息づいている。

——女体とはなにゆえこれほど美しいのか。

この光景を、若草を拆《ひら》いて現出させた自分に、呂不韋は昂奮したともいえる。美体とは奇蹟の時に咲く花のようだ、と呂不韋の心は詩《うた》っている。僖福の裸身が比類ない美しさにおもわれるのは、呂不韋の感情が草中に女の形を描ききった喜びによるであろう。かつて呂不韋は小環《しょうかん》という舞子《ぶし》と一夜をすごしたが、あのときは小環を女としてみていなかった。しかし、いまはちがう。男である自分から発する感情の光で、僖福をとらえ、すみずみまで照らし、くるもうとしている。

呂不韋はのちにひとかたならず音楽に興味をいだくようになる。つまり、芸術家の資質があり、感性のなかに理性をしのばせることをした男であるがゆえに、このときすでに美に関して独特な目をそなえつつあった。

呂不韋の手は感覚のふるえであり、その手で僖福の美しさをたしかめたといえる。さらにいえば、その手は、美しさがふくむはかなさと堅固さとに、同時にふれたともいえるであろう。

その手が、女の腰間《ようかん》にまわったとき、女は精光を放つ音楽になった。

二

藺邑《りんゆう》は戦雲に覆われた。

邑門はことごとく閉じられ、旅装をおえた呂不韋《りょふい》の出発はさまたげられた。呂不韋は高告《こうこく》家にひきかえした。

「秦《しん》軍が迫ってきたようです」

と、呂不韋は高告に語《つ》げた。

和氏《かし》の璧《へき》を奪いそこねた秦王や魏冄《ぎぜん》が、藺相如《りんしょうじょ》に恥をかかされたことを怨み、軍旅をもって趙《ちょう》を逼奪《ひつだつ》しようというのであろう。

「秦将の名がわかりますか」

と、高告はきいた。

「白《はく》氏であると兵はいっておりました」

「伊闕《いけつ》の白起《はくき》ですね」

高告はさっと表情を曇らせた。

「伊闕というのは……」

それが韓《かん》の地名であることくらいは呂不韋でも知っている。が、白起という将軍についてはまったく知らず、その伊闕と白起とはどういう関係なのであろう。

「十一年まえに、秦軍は伊闕というところで韓と魏《ぎ》の軍に大勝したのです。そのときの秦将が白起で、かれが殺した敵兵の数は二十万とも三十万ともいわれています。

恐ろしい将軍です」

十一年まえといえば、呂不韋は六歳である。そのころ生国の兵が大量に戦死したのであれば、陽翟《ようてき》の実家でもうわさは飛び交っていたであろうに、呂不韋にまったくおぼえがないというのは、いかに呂不韋が孤独な場にいたか、ということであろう。世知をはぐくむ環境にいなかったということである。知らぬことばかりで、いちいちそれを他人に訊《き》いてゆかねばならない哀しさを呂不韋は痛感している。

「長くなりますよ」

と、高告はいった。籠城が長期におよぶ、ということである。なにしろ藺は首都の邯鄲《かんたん》からもっとも遠くに位置しているといってよい。秦軍が侵入したことを邯鄲に報《しら》せ、会議がおこなわれ、援軍が立ち、藺に到着する月日を考えると、半年の籠城を覚悟しなければならぬであろう。藺の城兵だけでたやすく撃退することができる相手ではない。

すくなからぬ悲壮感をもってそういった高告とはちがい、呂不韋は、

――わたしが去るのを、僖福《きふく》が悲しんでくれたのだ。

と、おもった。藺からでれば、もはや僖福に会うことはあるまいという予感に満ちていた呂不韋であるから、この降って湧いたような事態は、僖福とのつながりを

絶たせない力がはたらいたせいではないか、とさえおもい、自分の心が希望の光で照らされたような明るさを感じた。

高告家はにわかにあわただしくなった。高告家ばかりではなく、藺の邑民は、城兵のために武器、食糧、衣類などを提供しなければならない。呂不韋は高告家の一員として、それらを所定の場所へはこんだ。

まもなく、秦軍の黒い旗がしずかにすみやかに寄せてきた。

秦が趙を攻めようとすれば、他国を通過させてもらえない場合、西河《せいか》（黄河）をさかのぼり、魏の勢力圏より北にでて、趙の国境を突破するしかない。西河のほとりの山野に趙軍が布陣しないのであれば、秦軍にとって障害はなく、まっすぐ趙の邑をめざすことになる。その第一目標とされるのが、西河に近い藺なのである。

そういう危独《きどく》の位置にある藺であるから、防備もぬかりはなく、兵の数も充分であった。だが、藺の不幸は、敵将が戦国期を通じても屈指の名将である白起であったことと、趙は、この年に兵を南下させ、魏を侵し、国境近くの邑である伯陽《はくよう》の攻略にとりかかっていたことである。趙は魏を攻め、その趙を秦が攻めるという図式である。

「藺が秦軍の猛攻にさらされております」

という報告をうけた恵文王《けいぶん》は、

「すぐに援軍をだす」

とは、いえなかった。伯陽攻略のめどが立ってからでないと、軍を西方へむけることができない。

「耐えよ」

と、いうしかない。が、その口調は憂色の濃いものではない。西辺の邑は先王（武霊王《ぶれい》）のときに防備を厚くした。他国の軍に急襲されても一年は防ぎきることのできるそなえがある。城外に撃って出るような軽忽《けいこつ》なことをおこなわなければ、藺はたやすく陥落することはないであろう。

そのような楽観に近い気分が、恵文王にあり、朝廷にもあった。

だが、三か月後には、藺の邑主は戦死し、城兵のうち死傷しなかった者は、捕獲され、それをまぬかれた者は四散した。藺の邑内に、秦兵がなだれこんできた。

――捕虜は、斬る。

というのが、これまでの白起のやりかたである。が、ここではちがった。

「捕虜を穣《じょう》へ送れ」

と、配下に指示し、さらに役所にある戸籍をおさえ、

「ここに記載されていない者をすべて捕らえ、穰へ送れ」

と、軍吏に命じた。つまり藺の住人でない者を捕縛して、魏冄の食邑である穰へ強制的に遷移《せんい》させようとした。穰邑の防備のためである。もっと正確にいえば、穰邑の城壁の拡張と修築の工事に多大の労働力が要《い》るので、魏冄は白起が得た捕虜などを穰邑へまわすように密命をあたえたのである。それは私邑の肥大化のために公民をつかったようなもので、私曲にあたるが、

「穰邑は国境の邑です。いつ楚《そ》に攻められるかわからず、穰邑を難攻不落の巨《おお》きさにしておけば、楚は秦に攻めこめず、楚王の欲望も立ち消えになりましょう」

と、魏冄は昭襄《しょうじょう》王にいって、事後承諾を得ることはたやすい。秦のため、といいつつ、自領をふやし、充実させてゆくのが魏冄のやりかたである。白起は魏冄に抜擢されたので、公私混同の魏冄を批判することなく、魏冄の命令にしたがいつづけてきた。白起は戦場において卓犖《たくらく》としており、当代随一の名将ではあるが、魏冄の私行に手を貸しつづけたという倫理の欠如が、生涯の瑕瑾《かきん》であり、その名が後世において暉映《きえい》を失ったのもわからぬではない。

秦兵が邑内に盈《み》ちた。

邑民はふるえあがり、戸をかたく閉じて、息をころしていた。人々の胸裡《きょうり》には、

――兵でなければ、殺されない。

という一縷《いちる》の安心感はある。占領軍は強奪や搾取《さくしゅ》をおこなうが、住民のいのちを奪うことはない。住民にすれば、抵抗しなければ危険は去ってゆく。あとは、支配者がかわるのをみるだけである。しかし趙より秦のほうが法令に峻烈さがあり、その法令下では、住民としてのびやかな生活をしづらい。

――僖福はどうしたか。

呂不韋は愁悶《しゅうもん》のなかにいる。邑主の宮室に秦兵が踏みこみ、男を殺し、女を犯したであろう。僖福は大風にさらされた花のごとく、黯《くら》い地に零《お》ちて、花びらを散らしたかもしれない。夙夜《しゅくや》、呂不韋はその想像に苦しめられた。

二日後に、高告家の戸ははげしくたたかれ、秦兵がのりこんできた。かれらは一家の全員を集め、ひとりひとり名籍《めいせき》とてらしあわせた。

「この孺子《じゅし》の名がない」

兵は呂不韋に手をかけた。高告はあわてて、

「お待ちください。その者は、わたしの親戚で、たまたまわが家に立ち寄ったのです」

と、あえて妄《うそ》をいった。が、兵たちは容赦しない。

「親戚であろうが、兄弟であろうが、戸籍にない者は不法住居者である」

兵はそういって、呂不韋を立たせた。高告の妻が悲鳴をあげた。呂不韋をかわいがってくれたのは、この慈心をもった人なのである。

——呂氏は奴隷にされる。

そういう暗い予感につらぬかれて、高告の妻は泣き叫んだ。高告も青ざめた。邑民ではない者を秦兵が芟《か》りとるのは、追放のためではなく、殺すか奴隷にするかのどちらかであろう。いずれにせよ、呂不韋の将来から光が消えたことになる。

——一日の差が、呂不韋を悲運に落とした。

せっかく病魔の手から呂不韋を救いだしたのに、秦兵の凶虐《きょうぎゃく》の手に呂不韋を奪われてしまった。唇を嚙んだ高告の視界から、秦兵と呂不韋が消えようとしている。おとなしかった呂不韋は身じろぎして高告をふりかえった。その目が光ったようにみえた。

——吁々《ああ》。

名状しがたい焦燥感に高告は襲われた。

秦兵が去ったあと高告は家人を呼び、

「邑門の出入りがゆるされるようになったら、邯鄲へゆき、藺相如さまに事件を報告するのだ」

と、いった。呂不韋がすぐに殺されてしまえば、どうすることもできない。秦軍の大量虐殺の方法は、巨大な坑《あな》を囚虜《しゅうりょ》に掘らせ、そこに囚虜を生き埋めにするというものである。呂不韋が地中に淪《しず》めば、遺骸を求めることができず、葬式をおこなうこともできない。もしも呂不韋が殺されず、奴隷にされたにせよ、高告個人では救助のしようがない。趙の朝廷から手をまわしてもらうしかない。

この日、呂不韋は梏《てかせ》をはめられ、髪を髡《そ》られた。そのまま一夜をすごし、早朝に出発することになった。秦兵に捕獲された人は五百をかぞえる。集団のなかに僖福はいなかった。

——陀方《たほう》だ。

呂不韋は首をすくめた。

馬上にいるのは、まぎれもなく魏冄の腹心の陀方である。馬をならべている少壮の武人と話をしている。その武人は、穰で仕官した葉芃《しょうほう》であり、陀方の旧主の子孫である。むろん呂不韋はそのようなことを知らず、ただ陀方を恐れた。

三

藺《りん》から穣《じょう》まで、直線距離でおよそ五百キロメートルである。戦国時代の里でいえば、千二百里をこえる。

陀方《たほう》と葉芃《しょうほう》とは白起《はくき》将軍に随行し、蒐集された奴隷を穣へ送る役目を負っていた。白起将軍は藺を陥落させると、すばやく兵を東進させ、離石《りせき》を包囲し、さらに主力を率いて呂梁《りょりょう》山脈を越えて茲氏《じし》を攻略し、沢の対岸にある祁《き》に猛攻をくわえた。その速さは電光が走るにひとしく、

――まさか、ここまでは……。

と、藺邑の陥落を対岸の火事のごとく考えていた祁邑の主従を仰天させた。白起の戦略は常識にかからないところがある。白起指揮下の軍は、奇想を現実化する速さをもっている。そのあたりの認識が趙《ちょう》の諸将には欠如していた。

この年、祁邑もあっけなく陥落した。

陀方と葉芃とはまたしても穣へ送る奴隷をすくなからず得たのである。

すでに呂不韋《りょふい》たちは、牛馬のごとく舟に積みこまれ、黄河をくだり、南岸に上陸

し、穣に近づきつつあった。

——こういう現実がある。

信じられぬおもいで、呂不韋は天を仰ぎ、地をみつめ、人をながめた。弱者とは、いやおうなくこうなるのか。では、強者とは、何であるのか。秦《しん》が強者で趙が弱者であるとすれば、何が秦を強くし、何が趙を弱くしたのか。この世にも貧富の差がある。その差はどこから生ずるのか。いま強国であっても太古から強国ではあるまい。富家《ふか》も昔から富家ではあるまい。国も家も人も盛衰というものがあり、その盛衰をつかさどる力、あるいはその盛衰をあやつる法則などが、どこにあるのか。

そういう問いをたれにもぶつけることのできぬ歩行のなかにいるのは、呂不韋ばかりではない。みな黙々とおのれの暗さのなかを歩いている。この五百人というのは、いきなり悲運の淵につき落とされた者ばかりではなく、もともと私家の奴隷であった者が徴発された場合もふくまれており、かれらは悲運をひきずっているということになる。

呂不韋の近くに、

「雉《ち》」

という少年がいる。かれは、生まれたときから奴隷だ、といっている。父が奴隷の身分のまま一生をおえたのをみて、自分もそうなるであろうというあきらめが心身に住みついており、それだけに不遇とか不運とかいう切実なものにさいなまれずにすんでいるともいえる。

「逃げたくないか」

　呂不韋はためしにきいてみた。

「逃げる……。どこへ」

　どこへ逃げても奴隷は奴隷であるといいたいらしい。

「奴隷であることから逃げる、というのは、どうだ」

「人に使われずにすむところがあるのか」

　雉という少年は、人に使われないで生きてゆけるところなどこの世にないと主張しているのではなく、使われつづけているうちに、使われない自分というものを想像することができなくなっている。家畜のようなあつかいをうけても、恥ずかしいとも苦しいとも感じないような性情がすえつけられており、むしろ使われない自分に不安をおぼえるのかもしれない。だが、呂不韋は、

　――人に使われずにすむところがあるのか。

と、雉がりきまずにいったことばのなかに、哲理にかかわる問いがあるような気

がして、考えこんでしまった。

人に使われないですむ人とは、この世で、天子と君主しかいない。天子は天に使われ、君主は地に使われる。それら至上の貴人をのぞけば、すべての人は人に使われる。そうなると人臣として最高である一国の宰相と、最低である奴隷と、どれほどのちがいがあるのか。

宰相は豪邸に住み、美衣をまとい、肉を食べる。奴隷は敝屋《へいおく》に住み、粗衣をまとい、菽《まめ》を食べる。宰相は音楽をきき、美女を抱き、車輿《しゃよ》に乗る。奴隷はみずから歌い、おのれの膝を抱き、素足で歩く。呂不韋にしてみれば、そのちがいは大きい。が、雉にしてみれば、たいしたちがいはないのかもしれない。

呂不韋が苦しむことを、雉は苦しまない。自分をあきらめればそうなるのかもしれないが、雉という少年をそうさせているものが社会の構造にあるということではないのか。むろん呂不韋はこの社会構造を改革したいなどという大それたことは考えていないものの、使われつづける下層階級にも主体がなければ、世全体が活力をうしなってしまう。

——法とは、改革であったのだな。

慎子《しんし》の門下で学んだ呂不韋は、人にはけっして使われなかった天子と君主とを法によって人民が制御しうる存在に変えたことに、いまさらながら気づいた。

——人はみずから為さざる莫《な》し。

というのは、慎子の重要な理念であり、人は使われているばかりでなく、自分でおこなうのである、といっている。人民の自主を王のためにだけ集約してしまうと、人民の自主がうしなわれるのは当然であるが、王の自主さえうしなわれて、たがいに不要なものになるという逆説が生ずる。

その考えかたは呂不韋の深いところに根づきはじめており、のちに秦の始皇帝がめざした中央集権に呂不韋が抵抗したのは、そういう理念が呂不韋の信念になっていたからであろう。

ところで、穣までの道中で、呂不韋には雉のほかに知人がひとりできた。

「孫《そん》」

という男である。二十代のおわりか三十代のはじめという年齢にみえる。口ひげが濃いがあごひげはさほどでもない。わずかな休息のときに、呂不韋が慎子の名をだして雉に道家《どうか》の考えかたを教えていると、横で、

「慎子は法に蔽《おお》われて賢を知らず」

と、つぶやいた男がいる。それが孫であった。慍《むっ》とした呂不韋は、

「慎子は、忠臣を知らなくても、賢臣は知っています」

と、強い声でこたえた。

「慎子は大理に闇《くら》い。一曲《きょく》に蔽われて正求《せいきゅう》を失っているからだ」

男はむずかしいことをいう。

「何をもって大理といい、何をもって正求というのですか」

「童子は、孔子《こうし》という人を知っているか」

「名は知っています」

「孔子は乱術を……、そうだな、いろいろなことを、学んで、先王の道をおさめた。この世には、道の片隅をみて、これで充分だなどとうわべを飾り、みずからの内をそこない、他人をまどわしている者がいる。慎子もそのひとりだな」

「わたしは慎子の門下におりました。師への悪口はゆるしません」

呂不韋はきりきりと眉をあげた。男は目もとに笑いを仄《ほの》めかした。呂不韋の皮膚には塵垢《じんこう》がつもっているが、きびしい表情をするとかえって目鼻立ちの美しさが際立つようで、男は、

——ただの美童ではないらしい。

と、興味をいだいたようである。

「まあ、すわれ。立っているとと疲れるぞ。さきほどからきいていると、なんじの氏は呂《りょ》か。嫡庶《てきしょ》はさておき、呂望《りょぼう》の末裔というわけだな。呂望は、慎子とはちがい、蔽われなかった人だ。仁と知とをみがき、勉強した人だ」

そういわれて、呂不韋の慍怒《うんど》がかなり殺《そ》がれた。

呂望とは、むろん太公望《たいこうぼう》のことである。呂を氏とし姜《きょう》を姓とする者で、太公望にあこがれぬ人はいない。呂不韋の心底にも窈々《ようよう》として太公望の名がある。

かつて呂不韋は太公望について慎子の門下生にきいたことがある。するとその学生は、

「太公望は大きな岩の上に坐り、釣りをしていた。そこに周《しゅう》の文《ぶん》王が通りかかった。岩の上にのぼった文王は、この漁人《ぎょじん》と話をしたのだが、たがいの影が微動もせぬうちに、太公望が賢人であるとみぬき、すぐさま賓師《ひんし》の礼をもって自分の車に乗せて帰った」

と、おしえてくれた。

この話は、呂不韋の胸裡《きょうり》に衝撃音を生じさせた。とくに感動したのは、

――たがいの影が微動もせぬうちに……。

という一事である。

聖王と大賢とが出会うと、一瞬のうちにたがいの非凡さを認めあえるような奇蹟が起こるらしい。そういうふしぎさを、伝説のなかの妄誕《ぼうたん》としてかたづけてしまうほど呂不韋の心は老いてはいない。かれは人の世に生ずるふしぎさを正面でうけとめ、そのつど全身を喜怒哀楽のなかに投下する年齢にある。

呂不韋は感動のあまり、自分が太公望ほどの賢人になれば、かならず周の文王のような英主に遇《あ》えるはずだ、と考え、そのふたりが協力して新しい世を創《つく》ったように、自分も一瞬にして、

——この人となら……。

と、満腔《まんこう》で知覚した傑人とともに、新時代を開拓してゆく将来を夢みてどこが悪かろう、とおもった。

呂不韋は戦国に生まれた男子である。戦乱の世がもっている気概を明るい方へ転化してゆく性質をそなえている。こういう呂不韋の目に、孫という男は異質にうつった。はっきりいえば、いままで知ることがなかった型の人である。

——何者であろう。

呂不韋はしゃがみ、男の明眸《めいぼう》をうかがった。

孫《そん》先生

一

孫《そん》は呂不韋《りょふい》のほうをみずに、

「童子、人の貌《かお》とはふしぎなもので、ときには多弁になる。黙っていても、貌そのものが語りはじめている。なによりふしぎなのは、本人がそのことに気づかないということだ」

と、しらじらといった。人の貌とは、呂不韋のことをいっているらしい。むろんそれはほめことばではなく、悪意や侮蔑が加味されている。呂不韋は勘がよいだけに、孫の口調からその色あいを察し、ふたたび慍色《うんしょく》をあらわにした。

「わたしの貌が多弁だというのですか」

「はっきりいえば、そうだ」

「では、わたしの貌が、何を喋《しゃべ》っているか、おしえてください」

呂不韋は口吻《こうふん》を孫に剡《するど》くむけた。

「逃げたい、逃げたい。かならず逃げてやる。かならず、かならず、と喋りつづけている。うるさいことだ。その声がきこえるのは、わしばかりではない。役人がなんじの貌をみれば、やはりその声をきき、なんじはもっとも逃走しにくいところで働かされることになる。わかったか」

そういわれて、呂不韋は冷水をかけられたように、さっと慍色を冷ました。

実際、呂不韋は脱走を考えている。

たまたま藺邑《りんゆう》にいたというだけで、奴隷のごとくあつかわれるのは、いたって心外である。理不尽という網をおおいかぶせてきたのであれば、その網を破るまでである。だが、そういう心事が他人にやすやすと読みとられていたことに呂不韋は衝撃をおぼえた。

呂不韋はうつむき、地をみた。そこに自分の影がある。

陽翟《ようてき》の実家でみつめていた影とおなじで、さびしく、楽しまない影である。

呂不韋のまなざしがうつろになったのをみた孫は、

「すっかり萎《しお》れてしまったな。願いが浅いところにあるからだ。それだけ傷つきやすい。花をみよ。早く咲けば早く散らざるをえない。人目を惹《ひ》くほど咲き誇れば人に手折られやすい。人もそうだ。願いやこころざしは、秘すものだ。早くあらわれようとする願いはたいしたものではない。秘蔵せざるをえない重さをもった願いをこころざしという。なんじには、まだ、こころざしがない」

と、皮肉をまじえていった。おし黙った呂不韋をはげましているのか、怒らせているのか。とにかくこのことばは、多少、呂不韋の活力をうしなった心をゆすぶった。

「こころざしで穣邑《じょう》の門を破れますか。こころざしで穣邑の壁を崩せますか」

「たやすいことだ。こころざしによって、地に潜ることができ、天に昇ることもできる」

孫はなんのためらいもみせずにいった。

——狂人かもしれぬ。

呂不韋はそう疑った。戦乱という実相は、人の願望がついえる場でもある。端的にいえば、生きたいと今日願っても明日には戦場で死ぬ。そういう現実が君主から庶人まで、つねにかたわらにある。死におびえ、生きかたに迷うがゆえに、信念の依《よ》りどころを求めているのも、君主から庶人までおなじである。だが、孫には人としての弱さがみえない。強すぎると形容してもよい信念でかたまっている。人を超えているというべきか、人からはなれすぎているというべきか、いずれにせよ孫の精神は呂不韋の理解のおよばないところにある。その種の人のことを、天才か狂人とよぶしかないであろう。

「わたしは、自分の手で門をひらき、自分の足で壁を越えたい」

呂不韋はさからってみた。

「わからぬ童子だな。門のむこうに門があり、壁のむこうに壁がある。いくたびひらき、いくたび越しても、囚われている自己から脱することはできぬ」

こともなげにいった孫は腰をあげた。

——狂人ではいえぬことばである。

すると天才かとおもった呂不韋は、すばやく立って、

「太公望《たいこうぼう》のように蔽《おお》われぬ人になるには、どうすればよいのですか」

と、はっきりききいた。

「呂望《りょぼう》が騏驥《きき》であるとすれば、童子は駑馬《どば》だな」

騏驥は良馬中の良馬をいう。駑馬は駄馬といいかえることができる。孫の辛辣《しんらつ》さに馴《な》れてきた呂不韋は感情の色を抑えてきいた。

「だが、騏驥は一躍《やく》して十歩なることあたわず、駑馬は十駕《が》すればすなわちこれにおよぶべし」

いかなる名馬でもひととびで十歩はすすめない。それゆえ名馬がひとはしりで到着したところへ、駑馬であっても十回はしれば到着することができる。天才が一年でなした偉業に、凡人でも、十年の勤労によっておよぶことができる。孫はそういったのであろう。

「先生――」

呂不韋は拝手しようとしたが梏《てかせ》がじゃまである。頭をさげた。

「束脩《そくしゅう》がありませんが、お教えを受けられましょうか」

孫はふりむいた。

「教鞭をとりたくても、わしには鞭《むち》がない。不韋はおのれを鞭で打たねばならない。それを勉強という。それをやるか」

「懸命に、いたします」

「懸命にな……、よかろうよ。入門をゆるそう」

孫は微笑した。この男の姓名は荀況《じゅんきょう》という。いわゆる荀子《じゅんし》である。戦国末期にあらわれた思想界の巨人である。孫は別称といってよく、のちに孫卿《そんけい》ともよばれる。

荀子の生国は趙《ちょう》であるが、生年はさだかではない。およそのことをいえば、紀元前三一四年から三一一年のあいだに生まれたであろう。趙の武霊《ぶれい》王の時代に生まれたことになる。少年か若年のころに斉《せい》に留学した。いちおうそうおもわれるのであるが、なんと司馬遷《しばせん》は『史記』のなかで、

——年五十にして、はじめて来たりて斉に游学《ゆうがく》す。

と、明記している。それをそのままうけとり、『史記』の記述を追ってみると、斉の襄《じょう》王のとき荀子は最高齢の学者で、三度、祭酒《さいしゅ》(国立大学の学長)になった。かれの歿年を考えるとき『塩鉄論《えんてつろん》』に示唆があり、かれの弟子の李斯《りし》が秦《しん》の始皇帝に信用されて宰相の位にのぼった年に、

「食せず」

と、謎のようなことをいい、おそらくこの年、すなわち紀元前二一三年に亡くなった。食せず、とは、李斯のような不仁の男が宰相ではものを食べたくなくなった、ということであろうか。

ところで、斉の襄王のとき、というのは、まさに呂不韋が穣邑に送られた年をふくんでおり、このとき荀子が斉の学界で最年長者であるとすれば、七十歳より下ということはなく、かりにこの年に荀子が七十歳であるとすれば、六十九年後に亡く

なる荀子は、百三十九歳になってしまう。荀子がまれにみる長寿であったにせよ、そこまでの歿年は考えがたく、もっとまえに死去したか、さもなくば斉に游学した年を三、四十年はやめる必要がある。はっきりしていることは、荀子の生年も歿年も確定していないということであり、そのなかでかれの年齢をみすえようとするのはむりである。

呂不韋のまえにいるのは年齢不詳の荀子である。少壮にみえる師である。呂不韋にとって儒家《じゅか》に接したのは、これがはじめてである。

穣邑に着くとさっそく城壁の修築工事に投入された。三か月ほどたつと工事現場に人がふえた。あらたに送りこまれてきた人々は、趙の祁《き》邑で捕らえられたらしい。

——藺のあとは祁が白起《はくき》将軍によって落とされたのか。

藺と祁とはずいぶんはなれている。それを知っている呂不韋はすくなからずおどろいた。

「工事をいそがせるには、わけがある。不韋よ、そのわけがわかるか」

と、孫は土を運びながらいった。

「わかります」

「ほう。いってみよ」

「趙を秦から切り離した楚《そ》が軍事行動にでようとしているからです。これ以上の話は、いつか、いたします」

「ふむ……」

孫は口もとにちらりと笑いをみせた。呂不韋の返答が気にいったらしい。

日が落ちれば、粥《かゆ》と菜羹《さいこう》をすすり、ねむるだけである。体力が衰え、疲労が蓄積される生活のなかで、孫は語り、呂不韋は聴いた。この師弟は常人《じょうじん》とはちがう活力をもっているようである。とにかく孫は博学である。儒学だけを学んできた人ではないことは、あきらかである。

――こういう人がいる。

と、呂不韋は驚嘆した。孫のことばには浸透力があり、ひとつひとつが呂不韋の心底に達して感動の音をたてた。労働のつらさを感じないのは、もしかすると孫の気を浴び、孫のことばを食べているからではないか、とおもうときがある。

孫のよこには呂不韋のほかに雉《ち》という少年がいる。雉は孫が低い声で語りはじめるとすぐにねむってしまうのだが、ときどきねむらずにいて、孫のことばに耳をかたむける。一言も発せず、きいているのかきいていないのかわからぬ表情をするときもある。が、孫はそちらをまったく気にせずに語る。呂不韋のほうに顔をむけることもすくなく、孫はまるで自分に語りかけているようであり、虚空にいるたれかに語りかけているようでもある。

——積土《せきど》の山を成さば風雨興《おこ》り、積水の淵《ふち》を成さば蛟龍《こうりょう》生ず。

はじめのころに孫に語ってもらった教えのなかで、そのことばが呂不韋は好きである。人は日々小さな努力を積みかさねてゆくと、ついに山のような巨《おお》きさになる。そうなるといままであたりに風もなく雨もなかったのに風雨が起こるようになる。水も深くなければ蛟龍は住めない。人の学識や度量もそうであろう。ひとりの人が改革を外に求めず、内に求めることによって、おのずと外が変わる。人間を信ずる絶大さがここにはある。

戦乱という現実に負けない精神力を呂不韋は教わりつつある。

慎子《しんし》は個人の安心を法に依存することによって得ようとしているが、孫はおのれを絶対として自立させようとしている。それだけ孫の教導のほうが内容がすさまじい。不安な自分があるとすれば、自分が安心して頼れるほどの自分を、自分のなかにつくれ、といわれているようなものである。

——なるほど、孫先生であれば、いつまでもここに囚われていることはないだろう。

孫はなぜ藺にいたのかを語らないが、遊説の途中であったか、または、藺の邑主に招かれたか、そのどちらかであろう。おもいがけなく秦兵に捕縛され、穣に送られても、かれは平然としている。自分をためすのによい機会だとさえおもっているようである。孫の近くにいる呂不韋はしだいにそのことがわかり、人のふしぎさと偉大さが、孫を通して、いっそうあきらかになってきた。

「さあ、穣邑をでるか」

と、孫がいえば、門はおのずとひらき、壁はおのずと崩れ、天地へつづく道があらわれるような予感を呂不韋はもつようになった。

二

この年の冬、穣《じょう》邑に緊張が走った。

工事は中止され、呂不韋《りょふい》の手にあった鍬钁《しょうかく》はとりあげられ、かわりに武器をもたされた。

「楚《そ》が動いたようだな」

と、孫《そん》は微笑した。呂不韋は和氏《かし》の璧《へき》を拾ったことにより、藺相如《りんしょうじょ》に従って秦《しん》へゆくことになり、璧をいだいて藺《りん》へ走り、そこで病《やまい》に倒れたことをあまさず孫に語った。

「そうか……、およそのことは知っていたが、璧を守りぬいたのはなんじか。だが、楚の名宝は楚にあるべきもので、安住を奪われた璧は、さまざまな祟《たた》りをなしはじめたな。璧を手放した楚とそれを所持している趙《ちょう》は、災難に襲われよう。なんじも璧にふれたことで、こういう苦難につき落とされた」

「先生もここにおられます」

「わしか……」

「ほかの人々も璧にはさわっていないのに、穣に連行されました」

「国の余毒というものか」

孫はそういっただけである。

和氏の璧がどこへ移ろうが、人民にはかかわりがないはずなのに、災厄の飛沫を浴びざるをえない。むろん、余毒があれば余福もある。君臣がすぐれた政治をおこなえば、人民はさほど努力をしなくても康福《こうふく》のなかにいることができる。いずれにせよ人民の知恵と努力とが国体に反映されていない。道家《どうか》では、

「衆の力と知恵」

が尊重される。王に万能を求めるより大衆に依存するほうが国家は安定しやすい。それなら大衆が国政に参加するしくみを考える必要があるが、どの国の王もそれについて一考もしない。王とはつねに支配する者であり、人民に支配される者ではない、とおもっているからであろう。

王の尊厳が保たれ、しかも人民が政治に参加することのできる国体、そういうものはありえないのか。呂不韋は孫から、

「国の余毒」

と、きかされたとき、かつて中国に出現したことのない国家機構を考えた。この点、呂不韋は思想家であるというより政治家なのであろう。もしかすると呂不韋の脳裡《のうり》には、いわゆる立憲君主制が生じたかもしれないが、それを実現させるまえに呂不韋が斃《たお》れたことで、中国の古代はその政体を知らずにおわったといえるかもしれない。

それはそれとして、孫がいったように、楚は軍を発していた。

――秦は、父を幽閉し、殺した。

そう信じている楚の頃襄王《けいじょうおう》は怨恨を秘してここまできたが、趙を秦から離し、韓《かん》をとりこむことに成功するや、軍旅を北上させた。

楚軍の将は吾得《ごとく》である。

かれは穣邑の近くを通ったが、兵を穣邑にむけることなく、ひたすら北上をつづけた。

「楚軍、北へ向かう」

穣邑は武装を解除すると同時に急使を魏冄《ぎぜん》のもとに馳《はし》らせた。

――楚軍はどこを攻略しようとするのか。

穣邑にいた陀方《たほう》は葉芃《しょうほう》とともに楚軍を追跡した。むろん数人の配下をしたがえている。十人以下の小集団のほうが臨機応変の動きができるし、敵に気づかれにくい。この集団はひたひたと楚軍を追った。

年末に、楚軍は周《しゅう》を北に臨《のぞ》む山の南麓に到着し、そこにとどまった。

「楚軍は周を攻めるのだな」

楚の陣を遠望した葉芃はうなずき、陀方に同意を求めるような目をむけた。

「たしかに周を攻める位置に楚軍はきていますが、楚は周に怨みはなく、たとえ周を攻略しても楚は保持することはできないでしょう」

「すると楚軍は何のために山南《さんなん》にいるのか」

葉芃は兵として戦場を踏んだことはなく、遊説者として諸国を歩いたこともないので、世知が浅く、ものごとの一面しかみることができない。それにひきかえ陀方は軍事の経験が豊かで、魏冄の耳目として各地を偵察してきただけに、直面した事態の裏にあるものをさぐろうとする目に精巧さがある。

「周を攻め取って得《とく》をするのは韓でしょう。それゆえ楚軍がこの位置にきながら、臨戦態勢をとらないのは、韓軍を待っていると考えられます」

「楚と韓は密約を交わしたのか」

魏冄の臣下になった葉芃は、当然、秦の国民のひとりとして、韓の背約にいきどおりをおぼえた。

「楚は和氏の璧をつかって趙とむすび、さらに周を攻め取って韓に与えるという利をちらつかせて韓をとりこんだのでしょう」

斉《せい》を攻めるまえに秦、燕《えん》、趙、韓、魏《ぎ》という連合が成立した。いわゆる連横《れんこう》である。その連横にうわべは加わるようにみせた楚の頃襄王はひそかに斉を援《たす》け、その策がやぶれると、趙を連横からひきぬいた。趙は単独で連横から離脱する危険を考え、魏を誘った。

すなわち、頃襄王は連横のきりくずしをもくろみ、それが成功したとみるや、軍を発したのである。

「なるほど、なんじのいう通りであろう。だが、陀方よ、楚王は諸侯の盟主になりたいだけで、軍旅を催したのか」

この出師《すいし》は楚にどんな利益をもたらすのか。何の利益もつかめぬ戦いのために大軍を投入した楚王の気がしれない。

陀方は微苦笑した。葉芃は故事をしらなすぎる。

「山南にいる楚軍は、周を攻略するのが目的ではなく、周を突破してから、道を西にとり、秦を攻めるのですよ」

楚の出師の主題は復讎《ふくしゅう》戦である。

そう観取《かんしゅ》した陀方は配下のひとりを咸陽《かんよう》にいる魏冄のもとへ急行させ、それから、

「芃どのは穰へもどられるがよい。主のご命令がとどきますから、出師のために待機なさるとよい」

と、さとすようにいった。まだ葉芃にはいちいち助言をしてゆく必要がある。

「わたしも戦陣を踏めるのか」

葉芃は自分のことばに昂奮しはじめた。

――なぜ穰邑から兵をださねばならないか。

そのあたりに想到する頭脳を葉芃にもってもらいたいと陀方はおもう。葉芃は白《はく》

起《き》将軍に随行していたではないか。秦軍の主力はいま趙で戦っているのである。楚と韓とが連合して秦を攻略しはじめると、それを扞拒《かんきょ》する秦兵が不足している。とくに魏冄は、趙攻略の計画を立てただけに、防備のうすさを楚と韓の軍に衝《つ》かれたら、とりかえしのつかない失敗をおかしたことになるので、自家の兵をあまさず使って連合軍の進攻をくいとめようとするであろう。葉芃が魏冄に仕えているのであれば、そこまで思考がおよぶようにしてもらいたい。

——貴門の出自であることは、やっかいなことだ。

人に仕えることがどういうことか、葉芃は本質的にわかっていない。人に仕えることは、死ねといわれたとき何のためらいもなく死ぬことができることをいう。主を生かすためにみずから死ぬときがあるということを胸にすえて勤めるのである。つねにみずから生きようとする者は、主を持たぬがよい。そのことが葉芃にわかるのは、いつになるであろうか。

葉芃を穰邑にかえした陀方は、楚軍から目をはなさず、年を越した。

三

咸陽《かんよう》に急報をとどけた陀方《たほう》の配下は啞然《あぜん》とした。

魏毋《ぎぜん》がいない。

「趙《ちょう》へゆかれた」

と、家宰《かさい》はいう。宰相の職を解かれた魏毋は、遊楽の旅にでたという。

——なんということだ。

楚《そ》の大軍が周《しゅう》をうかがい、韓《かん》軍の到着を待っているこの時機に、肝心な魏毋が遊びにでかけたとあっては、話にならない。

「遊楽というのは、おもてむきだ」

と、なだめるようにいった家宰は、事態の重大さを憂慮して、宰相の新城君《しんじょうくん》・芈戎《びじゅう》をたずねた。

「楚王はついに本性をあらわしたか」

といった、芈戎は、しかしさほどあわてたようすをみせなかった。芈戎は兄の魏毋におとらず用兵に巧緻《こうち》さをもっている。たしかに咸陽を守備する兵はすくないが、周を抜いた連合軍が咸陽に迫るためには、ふたつの塞《とりで》を突破しなければならず、そのふたつとは殽山の塞と函谷関《かんこくかん》であるが、かつてその殽函《こうかん》が破られそうになったのは孟嘗君《もうしょうくん》に率いられた連合軍によるだけであることをおもえば、楚と韓の軍を率いているのが名将の昭睢《しょうしょ》でないかぎり、羋戎にはふせぎきる自信がある。

ちなみに昭睢は楚の名臣であり、頃襄王《けいじょう》を立てたのもかれであり、楚軍を率いて強力な秦《しん》軍を破ったこともあり、このときかれは楚の宰相である。

「穰《じょう》侯にはお報《しら》せしたか」

と、羋戎は魏冄に敬意をうしなっていないいいかたをした。この兄弟は父がちがうが、母はおなじである。もともと兄弟の仲は悪くなく、とくに兄の魏冄が秦で栄達したことにより、いまの自分の高位があると考える羋戎は、魏冄を尊敬しつづけている。

この年、魏冄が、

「趙へゆく」

と、いいだしたのは、白起《はくき》将軍が藺《りん》と祁《き》の二邑を落としてからであり、それをきいた羋戎は一瞬魏冄の意中をはかりかねた。趙を攻めさせた本人が趙へゆくというのはどういうことであろう。

「行楽よ」

と、魏冄は微笑を哺《ふく》んでいったが、行楽にしては目的地が遠すぎるし、なにしろいま趙は戦時のただなかにある。

「なあに、邯鄲《かんたん》は平和なものであろう」

魏冄は姉の宣太后《せんたいこう》にだけ挨拶して、秦を出て、趙へむかった。

「どういうことですか」

困惑した芈戎は宣太后にわけをたずねたが、

「穣侯は知恵が衍《ゆた》かよ。心配するにはおよばぬ」

と、いわれただけである。それからほどなく芈戎は昭襄《しょうじょう》王に呼ばれた。

「穣侯が出国したときいた。下邑《かゆう》にもどったのか」

「いえ、趙へゆく、と申しておりました」

「趙へは白起をつかわしてある」

「戦うためではありません」

「では、何のために、趙へ行ったのか」

「行楽と申しておりました。兄は王が即位なさるまえから王のために戦いつづけ、王事に奔走すること二十数年になります。このたび相《しょう》の職を解かれましたので、骨休めがしたくなったのでしょう」

そういいながら羋戎には魏冄の意図が急にあざやかにみえてきた。

――骨休めをするような兄か。

ということである。

楚王が国宝の和氏《かし》の璧《へき》を趙王に贈ったということは、かくされた意図にかつてない決意がみなぎっていたと考えるべきであろう。かくされた意図とは、秦を伐《う》つということであることが、このたびの出兵であきらかになったわけだが、楚王がおこなった外交によって連横《れんこう》はずたずたに裂かれ、秦はまた孤立した。はっきりいえば魏冄の外交は楚王によって破られたのである。秦と国境を接する国は四国あり、趙、韓、魏《ぎ》、楚のうち韓をのぞくすべてが敵にまわった現状を直視し、今後の秦の経略と戦いの主眼をどこにおくべきかを考えたとき、

――趙と結び、楚を攻める。

と、ひそかに決定したのではあるまいか。あえていえば魏冄は白起に趙を攻めつづけさせて趙王を説こうという恫喝《どうかつ》外交をおこなうにちがいない。

羋戎はそういう観測をもったので、昭襄王に私見を述べた。

「そうであろう。魏冄が行楽をするはずがない」

と、昭襄王はほっと苦笑した。

ところが年が明けてしばらくすると芈戎を仰天させる報せが趙からとどけられた。

「何、……穰侯が趙の宰相になったと——」

あわてて芈戎は太后に報告に行った。太后はおどろくどころか、袖口を口もとにあてて、

「ほほ……」

と、咲《わら》い、なるほど穰侯は知恵が衍かよ、早晩そなたは相を罷免させられようが、王をお怨みしてはなりませんよ、といった。太后は男まさりの気象をもち、血のめぐりがよい。王朝の主とは昭襄王ではなく、この宣太后であるとさえいわれており、昭襄王が即位して二十六年がたっても、あいかわらず垂簾《すいれん》の政《まつりごと》がおこなわれているといってよいであろう。

芈戎も凡庸の質ではないが、姉の太后がめぐらせた想念についてゆけなかった。

——兄が敵国の宰相になるとは……。

そのおどろきがしずまるまで、的確な判断と予想とをおこなえない。とにかく魏冄が帰ってこないとわかったいま、楚軍の撃退を自分が中心になって考え、実行し

なければならない。

太后の室《へや》からしりぞいた芈戎は、その足で、昭襄王に報告に行った。昭襄王のおどろきは大きかった。

「わしは穰侯を黜遠《ちゅつえん》したおぼえはないのだが」

と、うろたえたようにいった昭襄王は、太后は何と仰せになった、と問うた。

「べつに、これといって」

芈戎は姉弟の対話をあえて伏せた。王に言上すべきことではない。

「ご気色はいかがであった」

「いつもとお変わりはありません」

どうやら昭襄王は自分がおこなった人事を魏冄に怨まれていると感じたらしい。

さらにその人事は太后をも不快がらせたとおもいはじめたようである。

「どうしたら穰侯は帰ってきてくれようか」

と、昭襄王がいったとき、芈戎には兄の意図が急にあきらかになった。

――なるほど、こういうことか。

不在であることによって、まえよりその存在を大きく訴えることは常人《じょうじん》にはできない。王から遠ざかることによって、王にさらに近づくのは非凡の者しかできない。魏冄にはそれができ、自分にはそれができない、とおもった芈戎は、あらためて兄を尊敬した。

いま趙は白起将軍指揮下の秦軍に国の西部を侵されて、恵文王《けいぶんおう》は苦慮している。そこに宰相を罷免された魏冄がきたのだから、優遇せぬはずがない。白起は交誼《こうぎ》のある魏冄が趙の宰相になったと知れば、進攻の度を弱めるであろう。恵文王は秦軍を引かせるために、魏冄をつかって外交の道をさぐらせようとするにちがいない。それらのことが秦の昭襄王を不安がらせ、魏冄をとりもどしたいとおもわせる。昭襄王はかならず母の宣太后に相談する。すると宣太后は、

「穰侯を貶斥《へんせき》なされたのは王ではありませんか。いま穰侯が趙で厚遇されているのであれば、それ以上の待遇を用意なされて迎えるしかありますまい」

などという。昭襄王がその進言を容《い》れれば、帰還する魏冄は宰相に復位し、権力を強め、家財を太らせることになろう。芈戎は魏冄が帰還した時点で宰相の位をおりることになる。

——みごとな図よ。

その図の下書きは、はたして魏冄ひとりでおこなったものか。宣太后がくわわっていないか。芈戎は、さまざまなことを想像しつつ、

「その件につきましては、太后におうかがいくださいますよう」

と、昭襄王にむかって拝手した。

翌日、昭襄王の使者が邯鄲にむかって発《た》った。

魏冄を宰相に復位させ、東方の大邑である陶《とう》を与え、秦の罪人を赦《ゆる》して穰邑へ移植する。破格の待遇である。昭襄王の最大限の厚意を魏冄につたえるべく使者が邯鄲に近づいたころ、楚において北伐軍の撤退が決定された。

ひとりの貴人の弁知が周を救ったといってよい。その貴人とは、

「西周の武《ぶ》公」

である。周が西周と東周とにわかれたのは、周の顕《けん》王の二年（紀元前三六七年）である。この年からかぞえて八十六年前のことである。周王は顕王のあとに慎靚《しんせい》王が立ち、慎靚王のあとに赧《たん》王が立ってこの年に到っている。赧王が西周に首都を置いたというのは、歴史の表皮にすぎず、実際は西周を頼って身を保庇《ほひ》してもらったのであり、西周の実質的な運営者は武公である。むろん武公の家は周王室から岐《わか》れた血胤《けついん》を保持している。

さて、周を楚がうかがっていると知った赧王は大いに愁えて、武公を招き、

「周を守るてだてはあるまいか」

と、詢《と》うた。武公もことの重大さに苦慮していたところなので、

「こうなりましたら、わたし自身が楚へゆき、昭睢を説いてみます」

と、答え、楚へ急行した。昭睢であれば道理がわかるであろうという希望をいだいての説諭である。昭睢に面会した武公は、

「軍は五ならざれば攻めず、城は十ならざれば囲まず」

と、いい、城攻めには城兵の十倍の兵力が要《い》り、周はいま二十万の兵で守っているのに、楚軍は二百万の兵をもっていない。それではとても楚軍は周を落とせず、たとえ周に勝って王室の宝器を楚に移しても、楚王の貪欲さが天下に知られ、諸侯の兵に楚は襲われるようになる。すなわち楚軍が周を攻めることは、百害があって一利もない。

そう論述した武公はついに昭睢を説得した。

「周を取れば、諸侯の怨みを買うだけです」

昭睢に説かれた頃襄王は、あきらめきれぬ表情をしながら、楚軍の引き揚げを命じたのである。だが、未遂におわった秦攻略が、秦の君臣の神経をさかなでしたことはたしかであり、

――楚王を懲《こ》らしめねばならぬ。

という昭襄王の忿厲《ふんれい》が、穣邑で労働に明け暮れる呂不韋《りょふい》の身を、おもいがけないほうへはこぶことになる。

別れの戦場

一

楚《そ》軍が韓《かん》軍との連合を解き、撤退を開始したころ、趙《ちょう》を攻略しつつある白起《はくき》の軍は離石《りせき》の邑を落とした。

これで趙は、藺《りん》、祁《き》、離石の三邑を秦《しん》に奪われたことになる。

「援軍をだしたい」

と、趙の恵文《けいぶん》王はいった。が、重臣たちは寡黙である。西部の諸城を援《たす》けるための軍は、どうしても祁邑の近くを通らねばならない。その祁邑に秦兵が籠もっているとなると、祁邑をまず奪回してからということになる。白起を相手にした争奪戦を想定した場合、大軍が必要となり、しかも長期戦を覚悟しなければならない。いま趙軍は王再《おうさい》将軍の指揮下にあって魏《ぎ》に進攻中である。つまり、穰《じょう》侯・魏《ぎ》冄《ぜん》が趙

にきてから、

「秦軍に奪われた邑をとりかえすのは、外交で何とかなります。それより魏を攻めるべきです」

という発言が、閣内の空気をかえた。

秦の主権者が昭襄王《しょうじょう》ではなく宣太后《せんたいこう》であることを知っている趙の重臣たちは、宣太后にもっとも信頼されている魏冄を仲介者にして、秦にたいするほどのよい交誼《こうぎ》をさぐるべきであると考えはじめていた。

が、西部の邑がつぎつぎに陥落しているのに、魏冄はなんら外交の手段を講じたようではないので、魏冄の真意をはかりかねた恵文王が、援軍をだしたい、といったのである。

魏冄は黙っていた。しかし夕《よる》に恵文王に内謁し、

「秦で免職となった臣《わたし》に、格別な厚遇をたまわりましたことを、感謝申し上げます。じつは臣は秦へ帰ることになりました。相《しょう》として秦王を輔《たす》けるためです」

と、いった。あまりのおもいがけなさに恵文王は啞然《あぜん》とした。そのおどろきをよそに、魏冄はことばを継いだ。

「趙と秦はおなじ先祖をもち、同姓の国です。異姓の国に親しまれるより、同姓の

国に交誼をもたれるべきだと存じます。とくにいまの楚王は個人の怨恨のために、国民に武器をもたせて戦地へ追い遣り、諸侯をもまきこもうとしております。大義を忘れた楚王に与《くみ》してはなりません」

魏冄は粛々《しゅくしゅく》と説いてゆく。

「秦将の白起が西辺の諸城を攻略しておりますが、臣が秦へ帰れば、白起を引き揚げさせましょう。それまでに秦軍に奪われた邑がいくつになっても、すべて趙にお返しします」

「まことか――」

ようやく恵文王は声をだした。

「ただし、多少のしかけが必要です」

「ふむ、そのしかけとは」

「邑の交換と人質です」

藺、祁、離石などの邑は趙の西部をささえる重要な邑である。それらの邑をとりかえすためにほかの邑をおなじ数だけそろえて、秦に交換を申しこむ。その際、秦への使者は人質を帯同する。交渉に信をそえるためである。

恵文王は気乗りうすな表情をした。

「それでは人質をとられ、しかもほかの邑をとられる。穰侯がさきほどいった、すべての邑を返す、ということにならぬではないか」

「王よ」

魏冄はほのかに笑った。

「その使者を発することを勧めたのが臣であれば、その使者を受けるのも臣です」

「それは、そうだが……」

「人質をみれば秦王は安心します。藺、祁、離石などの邑をさきにお返しすることになるでしょう。それで、この件は終わりです」

「わからぬことをいう。かわりの邑をよこせ、と秦王はいうであろう」

「仰せになるでしょう」

「この件は、終わりではない」

「おそらく秦は楚を攻めることになりましょう。臣は多忙なのです。趙にかかわってはいられません。楚の攻略は何年を要しましょうか。さて、邑の交換のことなど、憶《おぼ》えているかどうか」

「なるほど、そういうことか」

恵文王は笑いだした。

――魏冄とは奸黠《かんかつ》な男よ。

と、感じたものの、趙のために利をはかってくれる情意のありかたを憎めるはずがない。けっきょく恵文王は、焦《しょう》、黎《れい》、牛狐《ぎゅうこ》という三邑を魏冄にしめした。魏冄が秦に帰るにおいて、秦と趙とがふたたびむすぶ、というみやげをもつと同時に恵文王に多少なりとも恩を返すことをしたのである。

このころ藺相如《りんしょうじょ》は重臣のひとりとして閣内の末席にすわっていたが、はなれわざにひとしい魏冄の進退を知って、

「奸雄とは、かれのことです」

と、旧主の繆賢《びゅうけん》にいった。繆賢はうなずき、

「だが、大器は大器だ」

と、いった。魏冄は昭襄王に軽視されたとみるや、さっさと秦をあとにして趙にきた。魏冄は穣という邑を所有する君主であり、諸侯のひとりであるから、べつに昭襄王に臣従する必要はない。魏冄が恵文王に仕えれば、穣は趙の与国になる。が、白起に趙を攻めさせたのは魏冄であり、その国に乗りこんでくる大胆さは、類をみない。恵文王は魏冄を憎むどころか宰相の席をあたえて厚遇した。魏冄の名は天下にしれわたっており、その男を鼎位《ていい》におくことは、諸侯ににらみがきき、しかも秦

を威圧することができる。似たような計算を魏冄ももっており、趙の国政をあずかったという事実が、昭襄王に無言の恫喝《どうかつ》をあたえ、同時に楚の頃襄《けいじょう》王に警戒心をいだかせる。つまり、秦王の心のなかの魏冄の像を大きくさせ、楚王には、魏冄が趙の宰相になったことで、

——趙は楚との密約を破棄し、秦と盟《ちか》ったのか。

と、うたがわせる。要するに、魏冄という男は自分の利を最優先にしつつ、自身をおいている国に利をもたらすことをする。魏冄個人の合理によって国策がさだまり、天下が動く。この時代の主役とは、まさに魏冄であり、かれの合理が産みだす秦の経略に諸国の君臣は翻弄されつづける。が、国家の利を最優先に考えた場合は、魏冄の計画と実行は恣意的であり、そのことを批判し、魏冄を指弾する者は、十五年後に秦の高位に登攀《とうはん》する范雎《はんしょ》まであらわれない。たとえば白起の趙の攻略ひとつをとっても、結果として、奪った邑を趙に返したのであるから、秦には利がない。しかし魏冄の合理からすれば、自分が目をかけている白起が武功を立て、爵位があがればよく、それが自分の勢力の拡大につながる。秦には外交の利をはこんだのであるから、それでよい、と魏冄は考えるのである。

ちなみに魏冄は一代で秦王室にひとしい蓄財をなしとげる。

その魏冄が秦に帰ったあと、藺相如は西部をさぐらせるために派遣した臣下の報告をうけた。

「藺や祁の住民は、虐殺されたわけではありませんが、浮浪の者や奴隷などは、ことごとく穣邑へ移されたようです」

「魏冄らしい貪欲さよ」

秦軍をつかって我利をむさぼる魏冄をたれも匡《ただ》すことができない。そういう義憤はさておき、呂不韋《りよふい》の消息をつかめないことを藺相如は愁えた。高告《こうこく》のもとにいればよいが、

——穣邑へ送られた。

と、なると、救いようがない。

呂不韋の実家に現状を報《しら》せるべく臣僕のひとりを韓の陽翟《ようてき》へやり、藺相如自身は鮮乙《せんいつ》の妹の鮮芳《せんほう》に会って呂不韋のゆくえがわからなくなっている事情を語ってから、恵文王に従って出征した。魏の攻略が本格化し、恵文王みずから戦場に臨《のぞ》むことになったのである。

藺相如には多少の虚しさがある。

趙は秦と連結することがけっきょく秦を太らせ、自分の首を自分で絞めることに

なると気づいたために、秦からはなれ、楚や魏と密約を交わして独自の道を歩こうとした。それゆえ和氏の璧《かしへき》を秦王に渡さなかった。ところが翌年には、趙は魏を攻めるという理解に苦しむ戦いがはじまった。あえて想像すれば、その年に秦王は咸陽《かんよう》をでて東行し、韓王に新城《しんじょう》で会い、魏王に新明邑《しんめい》で会っているから、当然、魏は秦と盟ったことになり、趙としては魏の背信をなじるつもりで攻撃をはじめたのであろう。朝の盟いも夕には棄てるのが戦国のならいとはいえ、いのちがけで和氏の璧を守りぬいた藺相如には、趙の外交方針の転換にいちまつのさびしさをおぼえる。

おなじころ、秦の宰相の位に返り咲いた魏冄は、封地《ほうち》を加増された。

「陶《とう》」

という山東《さんとう》の大邑を昭襄王からさずけられたので、以後魏冄は穣侯とも陶侯ともよばれることになる。さらにかれの穣邑には多数の人が送りこまれた。そのすべてが秦の罪人である。

「穣邑へ移る者は罪を赦《ゆる》す」

この昭襄王の宣下《せんか》に罪人たちは喜び、争って穣邑へ移住した。秦は法令の内容に厳しさがあり、情状酌量のない国であるから、ささいな罪でも獄につながれるため、他国にくらべて罪人が異常に多い。凶悪な犯罪者はそのなかのごく一部で、他国では良民で通る人ばかりである。かれらは穣侯の私民になれば前科を消去してもらえると知り、穣へ穣へといそいだ。このころ国の富力は人口の多さによって量《はか》られる。穣邑の人口がふえたことは、そのままその邑が富んだことになる。

帰還した魏冄に対して昭襄王は腫《は》れ物にさわるようなあつかいをした。

——ようやくわしの実力がわかったようだ。

魏冄はそういう目で、王位にいる姉の子を一瞥《いちべつ》した。ふたたび昭襄王が自分にたいして礼意を欠いた態度をしめせば、いつでも秦をでてやる、というふてぶてしさを魏冄はかくさず、執政の席にすわった。このときからますます昭襄王は魏冄をはばかったので、魏冄の専権が強まり、とくに軍事においてはかれの独裁の下ですべてが決定された。

「楚を攻める」

という決定もそうである。

二

楚《そ》の頃襄王《けいじょう》が秦《しん》を怨む根深さは想像以上である。

それなら、その根を抜けばよい、と魏冄《ぎぜん》は考え、会議の席で、

「楚を滅亡させる」

と、はっきりいった。むろん頃襄王を殺す。頃襄王が生きているかぎり、合従《がっしょう》の策を弄して秦にはむかいつづけるであろう。そのうるささを永久に封ずるためには、楚都の壁を消滅させ、宮殿をことごとく崩壊させ、頃襄王を長江の潭底《たんてい》に沈めればよい。

楚という大国を地上から抹殺し、そこを秦の版図《はんと》におさめるには、こてさきの策戦による小利に満足しない気宇《きう》のさだめかたが必要であり、その気宇を満足させる大戦略を用意しなければならない。こういう大戦略の中心になるのは魏冄と弟の芈《び》戎《じゅう》であり、ふたりの計画を昭襄王《しょうじょう》がさまたげないように宣太后《せんたいこう》がそれにくわわり、できあがった大戦略の図式を国家の意志にすりかえるために昭襄王に認定させる。つまり秦王朝は宣太后、魏冄、芈戎という姉弟の掌《たなごころ》の上に乗ったということであ

り、宣太后は自分の腹をいためて産んだ子の、昭襄王、高陵君《こうりょうくん》、涇陽君《けいようくん》を意のままにあやつることができ、魏冄は自分が抜擢した白起《はくき》という不敗の将軍を指ひとつで東奔し西走させることができる。

「だが、楚を潰《つぶ》すとなれば、百万という大軍をそなえ、帥将《すいしょう》は白起でなければなるまい。いま秦軍は趙《ちょう》を攻めており、国内にいる兵をかき集めても三十万には満たない。白起を召還するということですか」

と、芈戎は兄にきいた。

芈戎は権力に固執するような情意の濃度をもっておらず、兄が帰国すると、あっさり鼎位《ていい》から退いた。あえていえばかれの才能は武事において発揮されやすく、その自覚もあって、兄の下風《かふう》に立っても、悵恨《ちょうこん》の色をみせない。

「いずれ、白起を召還する。が、いまではない」

と、魏冄は微笑を哺《ふく》んでいった。

――白起は人を蒐《あつ》めてくれている。

白起が趙に勝てば勝つほど捕虜はふえ、その捕虜の大半が魏冄の食邑《しょくゆう》へ送られる。なにしろ陶《とう》という大邑が手にはいったのである。その邑は、斉《せい》と魏《ぎ》にはさまれているので、堅城につくりかえる必要がある。邑民は移住をこのまないのは穣邑《じょう》もおなじで、穰邑の民の一部を陶邑に移したいが、たやすく事ははこびそうになく、むしろ他の地で獲得した民を陶邑に投入したほうが問題の解決をはやめることになろう。それを考えれば、白起の召還をおくらせるほうが魏冄にとって得策である。

白起は敵兵とみれば容赦なく殺害する将軍で、十二年前に韓《かん》と魏の軍を相手に伊《い》闕《けつ》で戦い、二十四万の兵を斬首している。それにくらべると、趙の攻略における斬首の数ははるかにすくなく、翌年に凱帰するまで史書にあらわれた斬首の数は二万にすぎない。白起は魏冄の内命にそった戦いかたをしたということであろう。

「趙にいる白起と秦軍をそのままにしておくということは、楚王を攻めるのは、しばらくみあわせるということですか」

魏冄の口ぶりでは、白起を引き揚げさせるのは、早くて来年であり、それから楚を攻めるとなると、戦略の実行は再来年になろう、というのが芈戎の理解である。

「いや、すぐに攻める」

「はあ――」

「なんじが将になれ」

芈戎は困惑の色をかくさなかった。この戦略の主題は、楚を滅亡させる、ということである。楚という巨体を屠《ほふ》るためには、すくなくとも首都の郢《えい》という心臓を刺さねばならない。かつて秦は大軍をもって楚を攻めたが、その戈矛《かぼう》は郢にとどいていない。いま羋戎が率いる兵はせいぜい十五万であり、その数は羋戎が郢を遠望するまでにすりへらされて無にひとしくなろう。しかしながら、

――兄はわしに死ねというのか。

とは、羋戎はおもわなかった。この兄は、姉や弟をふみにじって自分の利得にしがみつくほど器量は狭くない。幽眇《ゆうびょう》な謀《はかりごと》をもっているにちがいない。

「穰邑の兵も、なんじにあずけよう。十万を率いて楚に攻めこめ」

「十万ですか。寡兵ですね」

「寡兵がよい。楚の辺境を侵し、さっと引く。深入りしてはならぬ。楚がその軍容を知れば安心するであろう」

「郢を攻めないのですか」

「攻める。が、なんじの軍ではない」

「白起の軍でもない」

「そうよ」

魏冄は地図をひろげ、指をついた。咸陽《かんよう》よりはるか西にある山にその指はおかれている。

「隴《ろう》山ですか」

楚とはかけはなれた山を指す魏冄の意図をつかみにくい。芈戎は地図をながめ腕を組んだ。魏冄の指は隴山からはなれ、ゆっくり西へむかい、すぐに大きな円を描いた。隴山より西を隴西《ろうせい》といい、多くの異民族が群居している地域である。かれらは秦に服属している。

「ここが兵を産む」

と、魏冄はいった。すなわち異民族で構成した軍をつくる。ただし今日号令して明日に集まるような兵ではない。徴集をおこない、軍法を教えこむまで数か月を要するであろう。さらに異民族の軍を率いる将軍が問題である。

「司馬錯《しばさく》がいる」

魏冄はこともなげにいった。

司馬錯は司馬遷《しばせん》の先祖のひとりであり、用兵にすぐれ、秦の名将にかぞえられる。昭襄王の父の恵文《けいぶん》王のときに、秦は韓を攻めるべきか、蜀《しょく》を攻めるべきか、という議論が閣内でおこった。

当時、秦の宰相であった張儀《ちょうぎ》は、

「韓を攻めるべきです。韓を攻め、周《しゅう》に迫れば、周王は秦に九鼎《きゅうてい》をさしだすはずであり、秦は周王をかかえて天下に号令すればよい」

と、主張した。それにたいして司馬錯は、

「富国のためには領土を広げねばならず、強兵のためには民を富まさねばならず、王でありたい者は徳を博《ひろ》めねばならぬ、といわれています。いま秦は小国であり、民は貧しい。どうか、たやすい事からはじめていただきたい。蜀は西僻《せいへき》の国で、悪政により、乱れに乱れております。その地を得れば、領土は広がり、その財を得れば、民を富ますことができます。さらに暴を禁じ乱をとどめれば王は名声を得るのにひきかえ、韓を攻め天子をおびやかせば悪名をこうむります」

と、論駁《ろんばく》し、恵文王に蜀攻めを決定させた。

蜀の平定が秦に強大さをもたらした事実は卓犖《たくらく》としており、まぎれもなく司馬錯は功臣であるが、なにしろ老将である。楚の息の根をとめるという苛酷な戦役を完遂するだけの体力があるか。羋戎は多少の不安をおぼえた。

「司馬錯にはさいごの大役《たいえき》となろう」

魏冄はいちど指を引き、弟に微笑をみせた。羋戎には微笑をかえすゆとりがなく、地図をみつめたまま、

「わたしの軍は司馬錯の軍と連動しなくてよいのですね」

と、念を押した。

「よい」

「攻撃にまのびがあるのは得策ではないとおもいますが」

「太古、殷《いん》王は他邦を攻めるときに、除道《じょどう》、あるいは省道《せいどう》ということをおこなった。除道とは進攻の道を除《はら》い、省道とは敵地を省《み》るということだ。なんじの軍はそれにあたる」

「これは、また──」

なんとも古い戦いの方式をもちだしてきたことか、と芈戎はおもい、ようやく笑った。

──なんじはあまり力《りき》むな。

と、魏冄がいってくれたことに気づいた芈戎は、そのひそかな心くばりに感謝した。

「連動の軍は、ここにある」

魏冄の指はふたたび地図の上におりた。蜀の上である。

「張若《ちょうじゃく》にも楚を攻めさせるのですか」

張若は蜀守である。かつて蜀には王がいたが、司馬錯の献策により発せられた秦軍に敗れ、逃走後、秦兵に殺害された。蜀は秦の属国となり、秦の間接支配地となったわけだが、蜀王の子孫に謀叛《むほん》のうわさが絶えぬので、ついに蜀に君主をおくことをやめ、蜀王の血胤《けついん》を断絶して、昭襄王の臣下である張若を守にすえた。守は国の長官である。これで蜀は秦の直接支配地になったのである。

ちなみに張若は軍事にも行政にもそつのない男で、かれが蜀守になってから、蜀の地から不穏の気は立ち昇らなくなった。

ついでにいうと、秦の西南には苴《しょ》、蜀、巴《は》という三国があり、苴の君主は蜀王の弟であったのだが、その兄弟の仲が悪く、当時、蜀と巴とは敵対していたのに、苴侯は巴王と誼《よしみ》を通じたため、怒った蜀王が苴侯を伐《う》ったことで戦乱がひろがり、秦軍の介入を招き、自身の横死につながったのである。

蜀と巴は大きな国であるので、秦としてはそのままの大きさでは治めにくいと考え、両国の一部ずつを取ってあわせ、漢中《かんちゅう》郡をつくった。さらに巴の東部ともとの楚の西部とをあわせて黔中《けんちゅう》郡をつくり、郡県制度を西南の広域に浸透させた。

蜀と巴とを取ったということは、秦にはかりしれない利益をもたらした。とくに蜀は、古来、

「天府」

とよばれ、万物の宝庫で、
――有《あ》らざるは靡《な》し。（『華陽国志《かようこくし》』）

つまり、無いものは何ひとつ無い、という国である。人も物もあふれている。むろん兵甲も衍《ゆた》かで、軍旅を催すとなれば、二、三十万の兵をやすやすと徴集することができる。それもさることながら、楚の攻略を想定した場合、蜀と巴を有した利点は、長江の上流をおさえたということである。楚の首都は長江の中流に臨《のぞ》んでいる。巴の兵は巴水《はすい》や潜水《せんすい》をつかい、蜀の兵は涪水《ふすい》や長江をつかえば、それらの川は合流して楚の首都のほうにながれてゆくのであるから、陸路をゆく十倍の速さで、敵地に侵入することができる。過去に、司馬錯は巴蜀の兵十万を率い、大船万艘《そう》を長江に浮かべて楚を伐ったことがある。

「集めた隴西の兵を潜水や涪水をつかって巴蜀へはこび、司馬錯の指揮下におき、訓練をほどこしたのちに、江水《こうすい》をつかって攻めくだらせる」

魏冄は戦略の全貌をあきらかにしはじめた。

「張若は司馬錯の軍が出発したあと、蜀軍を編成し、江南《こうなん》の地を攻撃する」

「司馬錯に郢を突かせるのですか」

「いや、楚都を陥落させるのは、白起でなくてはなるまい」

「すると、先鋒がわたしで、前軍が司馬錯、中軍が白起で、後軍が張若となりますか」

羋戎は頭のなかを整理するようにいった。

「そうだ。数年におよぶ大戦となろう。戦火がしずまれば、そのとき楚という大国は地上から消滅しているであろう」

魏冄の容姿には気力が充溢《じゅういつ》していた。実際、魏冄は生涯における全盛期を迎えようとしていた。知略は冴えわたり、その威光は昭襄王をしのいだ。秦にはかってこれほどの大戦略を立案した者はおらず、魏冄はまさしく戦国期の異才であるといえる。

三

「どうやら門はひらき、壁のむこうへゆけそうだ」

奴隷の大半が徴集されたとき、孫《そん》は呂不韋《りょふい》にそういいながら腰をあげた。

「門のむこうに門があり、壁のむこうに壁があるのでは――」

強制労働が兵役にかわっただけでは、新天地がひらけたとはいえない。すくなくとも秦《しん》国の外へでなければ、門がひらいたとはいえまい。むろん、脱走兵は厳罰に処せられるので、軍をぬけるとなれば、必死の覚悟が要《い》る。うまく脱出したにせよ、問題はあとに残る。秦軍を構成する最小単位を伍《ご》といい、五人一組で戦うのである。その伍から脱走兵がでると、残された四人は脱走兵とおなじ罰をあたえられる。脱走をたくらむ者がいれば、上官に密告せよ、とおしえられた。そうなると脱走の計画を立てにくく、実行もしにくい。

「伍伴《ごはん》を犠牲にして、自分だけが逃げればよいのか」

呂不韋の胸のなかにそういう声がこだましている。ところが孫は、

「門をひらくのは、天だ。壁を消滅させるのは、地だ」

と、ゆらぎのない声でいった。あえていえば、天地にそう働きかけてゆくのが人だ。孫の教えをうけてきた呂不韋には、師の言外にある真義がわかるようになった。脱走などを考えなくても、ゆくべき道とあるべき自分とを心志の高みにすえておけば、おのずと道はひらけ、その道をゆく自分にめぐりあえる。ただし孫の教えでは、そうなるために、天空を翔《か》けるような妄想を捐《す》て、みずから山に登って山の高さを知り、谷におりて谷の深さを知らなければならない。高山深谷ということばだけを知って、実際の高さと深さとを体験のなかにもたない者は、いくら崇高な理想

を述べても、それはまるで平地で爪立つようなもので、真の高識に達することはない。

「人は天空を飛べない。そのことがほんとうにわかっているのは、この世で、わしくらいなものだ」

と、孫はいう。人は鳥ではない。だから天空を飛べない。たれもが知っていることである。ところがそれは人の表皮にとどまっている知識にすぎない。ものごとを理解するには、

――学は耳より入れば、心に著《つ》き、四体に布《し》きて、動静《どうせい》に形《あら》わる。

ようにしなければならない。耳できいたことを心に到らしめ、全身にゆきわたらせて、行動や態度に表現しなければ、理解したといえないのである。

――師は正しい。

だから道家《どうか》の師であった慎子《しんし》はまちがっていた、とはおもえない。たしかに教義の広さや深さは孫のほうがまさっているが、慎子の主張にも理がある。とにかく孫という先生は、いろいろなことを学べ、といっている。そういう学問と実践を経て、ひとすじの道をみつけよ、と教えてくれた。

また、呂不韋は、

と、孫にきかれた。呂不韋は仰首して、

「天下に名を揚げたいか」

と、孫にきかれた。呂不韋は仰首して、

「はい」

と、こたえた。すると孫は、

「天下に名が知られるようになったら、天下とともに仁《じん》を楽しめ。天下に名が知られなければ、傀然《かいぜん》として天地のあいだに独立して、畏《おそ》れてはならぬ」

と、いった。

傀然としてとは、堂々と、ということであろう。無名であることを卑屈におもってはならぬ。この孫の教えは、ふかぶかと呂不韋の胸にきざみこまれ、のちのかれの行蔵のありかたをさだめたといえる。

儒家《じゅか》における最高理念は、

「仁」

である。仁は、社会生活をする人を前提とし、社会のなかにおける人としての至上のありかたをいう。山野で孤独に生きる者に仁はありえない。そういう仁をはじめて説いた孔子《こうし》は、じつは社会のなかで孤立するという逆説のなかにいたので、楚《そ》の狂接輿《きょうせつよ》という隠者に、

「鳳《ほう》よ、鳳よ」

と、呼びかけられて、その存在と理念との乖離《かいり》をたしなめられたのである。

むろん呂不韋はそういう故事を知らない。かれは矛盾を知って苦しむ質《たち》の男ではない。この点でも、いかにも戦国の世に生まれた男で、正しいとおもったことを信じるだけだという情想を保ちつづけてゆく。

呂不韋は兵となった。甲《よろい》をつけず、武器ももたぬ兵である。すなわち輜《し》重《ちょう》兵となり、軍需をはこんだ。

穣《じょう》の邑が遠くなってゆく。

——二度とあそこにはもどりたくない。

ふりかえった呂不韋は呪詛《じゅそ》のようにいった。

輜重隊の長は葉芃《しょうほう》である。呂不韋はその姓名を知らなかったものの、

「陀方《たほう》といた男だ」

と、気づいている。陀方はみかけなかった。魏冄《ぎぜん》の臣下のなかでも陀方のような敏活な者は、先行する軍に所属しているであろう。後方の輜重隊をまかされた男は、鈍重なのかもしれない、と呂不韋は考えていた。

どこにむかっているのか、まったくわからない。ただし、楚を攻める、というこ

とだけはわかる。太陽を背にしてすすむことはないからである。

どの兵も沈黙のなかにいる。

口のなかが乾ききってことばがでないということもある。

孫も黙っている。が、この呂不韋の師だけは、みなうつむいて歩いているのに、まなざしが高い。

「傀然として、とは、そういうことか」

呂不韋はつぶやき、師をみならうことにした。主力軍がどこかの城を攻めはじめれば、輜重隊は主力軍に追いつくので、足をとめることができる。ところが毎日、ひたすら車を押して歩くしかない。

――まだ戦闘がはじまっていないのか。

呂不韋がそんなことを考えはじめたとき、孫がさりげなく近づいてきて、

「秦軍から離れすぎている。楚に慧眼《けいがん》をそなえた将がいれば、兵站《へいたん》を切断する策戦を敢行するだろう」

と、ささやいた。孫にいわせると、輜重隊の進行速度が低い。このもたつきを楚の偵騎がみのがさなかったら、輜重隊は五日以内に急襲される。

――孫先生は用兵にも長じておられるのか。

呂不韋はおどろきの目で師をみた。

夜、呂不韋は雉《ち》の耳もとで、

「輜重は五日以内にこなごなになる。楚兵に襲われるからだ。逃げるときは、わたしから離れるな」

と、いった。雉という少年は目を見張った。この少年は呂不韋にすっかりなつき、つねに呂不韋の近くにいる。

「わかりました」

雉はくりかえしうなずいた。

翌日から呂不韋は緊張のなかに身をおいた。その日、何事もなければ、あと四日、あと三日とかぞえた。ついに残る指はひとつになった。孫の予想がはずれなければ、襲撃されるのは明日である。落日をみて、足をとめた呂不韋は、孫を仰ぎみた。孫は微笑し、

「明朝、門も壁も消える。長い苦しみだったな。が、その苦しみがなんじを活《い》かすときがくる」

と、じつに優しい声でいった。呂不韋ははっと涙ぐんだ。

――この先生も消える。

いいようのない寂寥《せきりょう》感をおぼえた。しかし孫は微笑を消さず、

「呂不韋の名が、わしの耳にとどくようになったら、わしのほうから訪ねてゆく。それまでの別れだ」

と、感傷のない声でいった。

変転

一

呂不韋《りょふい》にとって長い夜になった。

奇襲にはさまざまなものがあるが、夜襲は策戦のなかの枝葉で、幹翮《かんかく》にはあたらない、と孫《そん》はいった。

おそらく楚《そ》軍の策戦は、進攻中の秦《しん》の主力軍にいきなり戦いをいどまず、主力軍の後方をすすむ輜重《しちょう》隊を全滅させておき、主力軍に動揺がひろがるのを待って、陣を展開してゆくというものであろう。そのためには楚軍に機敏さが要求されるが、今回の楚軍はそれに堪えられる。なぜなら楚軍はいちど周《しゅう》まで進出しており、訓練をほどこされた兵が一戦もせずに帰国したわけであるから、戦意をすっかり斂《おさ》めたはずはなく、命令がくだされるや、好戦の気を立たせ、敏捷に動いたであろうからである。楚の出兵は秦を刺戟したので得策とはいえなかったかもしれないが、その兵は傷ついておらず、戦場への余熱をもったままひかえていたことが楚にさいわいしたはずである。

「たとえば、歩こうとして立った者が、歩いてはならぬといわれ、やがてすわらされた場合、その者の心は歩行にとどまっている。それが楚兵よ」

と、孫は呂不韋におしえた。

用兵とか戦略といった軍事における精巧な術は、特別な才能をもった者しかおこなえないと呂不韋はおもってきたが、人を正確に観察すればそこで得た思念を軍事ばかりでなくほかにも応用できることを知った。

呂不韋は孫の博識におどろき、

——この先生は万能ではないか。

とさえおもい、神秘を感じたことがある。が、孫の教えをうけているうちに、先生は努力という高山の上にいる、とわかった。たゆまず努力を積みあげ、いまも積んでいる、一日もやすまない、そういう心身の強靭《きょうじん》さと勤勉さに驚嘆すべきであった。

「青という色がある。その色は藍《あい》という草から取るが、藍よりも青い。人は青になりうるのだ」

というのが孫の口ぐせであった。

――学は已《や》むべからず。青はこれを藍より取れども藍よりも青し。

そのことばは呂不韋の胸のなかに落ちて、精光を放った。

――わたしは運がよい。

と、呂不韋はおもう。奴隷にされるという最悪なときに、孫のようなすぐれた先生にめぐりあえて、教えをうけることができた。人の力を過大に考えるわけではないが、努力を積み重ねてゆけば、人はおもいがけない力を発揮するようになる。自分が自分におどろくようにならねばならぬ。不運や不遇を嘆き、他人の薄情さを怨んでいるうちは、自分が自分を超えていない。努力が足りないあかしである。ほんとうの高みに登れば、展望がひらけ、風が変わる。人の世の風も変わるのである。

――そこまで、ゆきたい。

一商人の子として生まれた自分が、天下の風を変える。夢のような、とたれからも嗤《わら》われそうなことであるが、ただひとり孫先生だけは嗤わぬであろう。それを嗤う者は蔽《おお》われている、と孫先生はいうにちがいない。このひとりに遭《あ》うか遭わぬかは自分の一生にとってはかりしれないほど大きく、それがわかる呂不韋は自分は運がよいと実感したのである。

夜が深くなった。

すべてがしずまりかえっている。

ときどき雉《ち》が目をさまして呂不韋をみた。そのたびに呂不韋はうなずいた。

——異変がある。

予感が呂不韋にささやいている。しずかすぎること自体、異変のきざしである。すでに楚軍が秦の輜重隊に近づき、攻撃の準備をおえて、夜明けを待っているのではないか。呂不韋の想像のなかで、楚兵が息をひそめ、武器をにぎりしめている。その楚兵の伍列が想像の視界のなかから去らないので、奇妙だな、とおもったということは、呂不韋は夢をみているということであった。いつのまにか、ねむってしまったのである。

雉が呂不韋の肩をゆすっている。

はっと目をひらくと、空が白かった。

感覚ににぶさがある。からだが反応しない。

「きたか」

呂不韋は雉にきいた。少年は地面に耳をつけ、うなずいた。遠くにざわめきがある。

——孫先生は……。

呂不韋は首をあげた。孫の影がない。

「楚軍だ」

呂不韋は全身で叫んだ。この一声の直後、楚軍の黒い旗が瘴雲《しょううん》のごとく湧きあがり、目をさましたばかりの秦兵に迫ってきた。

呂不韋は陽翟《ようてき》の実家に帰るつもりはない。いちどはばたいて天地の広さを知った身を、実家という狭窄《きょうさく》な樊《とりかご》にもどすことは、考えただけでも憂鬱である。呂不韋が帰るとすれば、邯鄲《かんたん》の藺相如《りんしょうじょ》のもとへであり、

「はぐれたら、邯鄲の藺氏をたずねよ」

と、雉にはおしえてある。雉は趙人《ちょうひと》であるから、逃げるとしたら、趙をめざすほうがよいであろう。

「楚軍だ——」

不意を衝《つ》かれた輜重隊の混乱がはじまった。隊長は葉芃《しょうほう》であるが、かれは戦場に馴《な》れておらず、楚軍が三方から湧きでたことに驚愕し、陣の乱れをつくろうすべをおもいつかず、右往左往したすえに、楚軍の旗のない北へむかって馬を走らせた。

おなじころ呂不韋と雉も北へ北へ逃げている。

輜重隊を急襲した楚軍の将は、隊を包囲するという愚策をとらず、一方、すなわち北の方角に楚兵を配さなかった。秦兵を逃げやすくしておけば輜重隊の抵抗力ははやく低下する。楚軍の目的は秦兵を多く殺すことではなく、輜重を潰滅《かいめつ》させることである。

黎明《れいめい》からの攻撃で、日が昇ってしばらくすると、秦兵の反撃は熄《や》み、かれらは食糧や武器を放置したまま敗走しはじめた。

「追うな」

楚将は追撃をゆるさず、敵軍の輜重を自軍へ運搬させた。秦兵の抵抗が激しければ輜重を焼くつもりであり、現にその一部に火をかけたが、隊の崩壊がはやかったので、輜重の大半をいためずに入手することができた。

「逃げのびたと安心したところに、楚兵が伏せていることを秦兵は知るまい。明日は、二、三千人の捕虜がとどくであろう」

と、楚将はいい、左右の臣と笑った。この楚将は秦兵の逃走路を予想して、楚兵を伏せたのである。緻密な策戦である。戦術眼のある者が秦軍にいれば、あれほど用意周到に兵を寄せてきた楚軍が、潰乱《かいらん》した秦の輜重隊を追撃しないのをいぶかったであろう。が、呂不韋はうしろをふりかえってたしかめなかった。ひたすら走りつづけた。

――雉が付いてきているか。

それだけを気にした。

日がかたむきはじめたとき、林を目でさがした。のどが渇ききっている。のどをうるおして林のなかでゆっくりやすみたい。呂不韋は走るのをやめた。

木立ちの影をみた呂不韋は、

「水を飲みたいが、小川か湧き水はないか」

と、雉にいった。

「さがしてみましょう」

雉は呂不韋を主人だとおもっている。すぐに草地を走りはじめた。

「わたしはあそこで待っている」

呂不韋は前方の木立ちをゆびさした。雉は斜光のなかで小さくうなずき、また走った。

木立ちのむこうに高地があり、そのむこうに丘がある。呂不韋はかなたの丘をながめてから、木立ちのなかにはいった。木の根もとに腰をおろしたとたん、背後からのびてきた腕に首を絞められた。

「さわぐな。声を立てると絞め殺すぞ」

なんと木立ちのなかは楚兵で充満していた。

呂不韋は衿《えり》をつかまれて、ひきずられた。

「秦の輜重兵です。どうしますか」

呂不韋は隊長の足もとにすえられた。

「殺すしかあるまい。まもなく秦兵がくる。うしろの高地に伏せている兵に伝えよ」

隊長がそういったとき、

「秦兵の集団を発見、その数およそ五百、こちらにむかってきます」

という声が頭上からふってきた。木に登って四方を見張っている兵がいる。敗走してくる秦兵を待って一挙に捕獲しようとする陣が伏せられている。その網のなかに呂不韋がまず飛びこんだというわけである。

——わたしは殺されるのか。

包囲の陣を展開しようとする楚兵にとって、呂不韋は足手まといである。殺して棄て去ったほうが、この急撃はすっきりする。呂不韋にもそれがわかるが、殺されるのが自分であることに、恐怖というよりふしぎさを感じた。これから研鑽《けんさん》を積んでゆこうと心に張りをおぼえつつ、走りに走ったことが、死の淵に落ちることになった。死んでみなければ死のことはわからない、と孫先生はいうであろうか、と呂不韋はおもった。人の努力はこういうかたちで終わるときがある。この事実は孫先生の教義にそむいてはいないだろうか。人の力は窮地や死地を超えるものではないのか。自分は偉業をなすわけではないので、ここで地上から消されるのか。

呂不韋はそういう疑問で胸中を盈《み》たし、首をあげた。戈《か》をふりあげた楚兵の目にかすかな憐憫《れんびん》の色が浮かんだ。その戈の横に隊長の横顔がある。

二

あたりから人と物の影が消え、隊長の横顔だけがくっきりしている。

それに呼応するかのように、呂不韋《りょふい》の脳裡《のうり》にあった曖昧な時の配列と物象とが、にわかに整然となり、そこにあざやかに生じた人物の顔のひとつが、隊長の顔にかさなった。

「あっ、あなたは――」

呂不韋の声は、恐怖の悲鳴ではなく、死の直前にありながらうろたえることをしない問いの力を保っていた。隊長は敗走してくる秦《しん》兵をそっくり捕獲することに専念しはじめていたが、異質な声を耳にして、とっさに、

「待て」

と、戈《か》をふりおろそうとした楚《そ》兵にむかって手をあげた。呂不韋に落ちてくるはずの戈が虚空でとまった。死もおなじ位置でとまっているということである。

「あなたは黄歇《こうけつ》さまの従者であったかたではありませんか」

邯鄲《かんたん》に黄歇がいたとき、黄歇の近くにあった顔が隊長のそれである。

「ふむ……」

隊長は眉を寄せ、呂不韋に顔を近づけた。

「邯鄲の冥《めい》氏のあきないをあずかっている鮮芳《せんほう》の家にいた呂不韋です。黄歇さまには——」

「おっ、呂氏か」

和氏《かし》の璧《へき》をもたらして主人のいのちを救ってくれた呂不韋を忘れることはない。

まさしくこの隊長は、黄歇の臣下である。ということは、楚将が黄歇であるわけで、この急襲の綿密さは、黄歇の頭脳からつむぎだされ、正確な行動によって織られた

ものであるといえる。

　隊長はさらに顔を近づけて呂不韋を再確認すると、

「秦の師旅におられるとは、どういうことか」

と、きき、戈をもっている配下をしりぞかせた。死が虚空で消えた。

「藺《りん》で捕らわれ、穣《じょう》で働かされていたのです」

　呂不韋はほっと立った。

「なるほど、それでわかった」

「輜重《しちょう》が潰滅《かいめつ》したので、邯鄲へもどるつもりでした」

「北へゆく路には、あちこちに楚兵が伏せている。いまはわたしの近くにおられよ。そのほうが安全だ」

　そういいながら隊長は自分の小刀を呂不韋にあたえた。隊長は馬に乗るので、呂不韋の足では追いつけない場合がある。呂不韋がはぐれたときに、その小刀が楚兵であるあかしとなり、隊長のもとにみちびいてくれる。

「きました」

　見張りの兵が木の上からおりてきた。

「よし、旗を立てよ。鼓を打て」

すばやく隊長は馬に乗った。秦兵は目前まできている。

――雉《ち》はどうしたか。

この楚兵は秦兵を殺害しないで捕獲するようであるから、武器をもたぬ雉が殺されることはあるまいが、戦いがおこなわれれば、ながれ矢にあたって死ぬこともあり、何がおこるかわからない。呂不韋としては、はやく雉をみつけて、ひきとりたい。

隊長の馬が動いた。

待機していた楚兵がどっと木立ちからでた。高所に伏せていた楚兵もほとんど同時にその全容をあらわして、足どりの重い秦兵の包囲にかかった。彼此《ひし》の楚兵はあわせて三千はいるであろう。

秦兵の目に、楚兵が地から湧き、天から降ってきた。

早朝から夕方まで、錯愕《さくがく》のなかを奔《はし》りつづけてきた秦兵である。かれらは日没を恋いつつ、ここまで逃げてきた。もう楚兵に追いつかれることはあるまい、と斜光をたしかめ、感覚のなかにある死の肉迫をしりぞけ、安全のなかに足をふみいれたという実感に染まりきろうとした矢先に、楚兵に直面した。

「もう、だめだ」

進路も退路も錮《ふさ》がれようとしていることを知った秦兵は、いっせいに絶望の声を夕空にむかって放った。もともと戦意のない兵である。武器をもっていた者は、降伏の意をあらわすように、草の上に武器を投げ棄てた。

秦では敵兵の首を取ればとるほど爵位があがる。それゆえ捕虜をみなごろしにする。が、楚はどうであろうか。楚の捕虜になったからといって生きのびられるわけではないのか。降伏した秦兵が考えたのは、そのことだけである。

が、木立ちをでた時点で、楚兵は秦兵の応戦を想定している。殺気が噴きでた感じで、こういう研ぎ澄まされた熱気のなかにはいったのは、呂不韋としてははじめてである。肉体が鋭利な刃と化し、その刃が剡《するど》く炎を放つ感じは、戦場独特なものであろう。

――大気が裂けてゆく。

あるいは大気が焼け落ちてゆくという実感に呂不韋はみぶるいした。そのとき、ふと、肩に重みをおぼえた。近くに楚兵の顔がある。

「頭をさげよ。矢を受けるぞ」

さきほど呂不韋の首を戈で斬ろうとした兵である。呂不韋とおなじくらいの年齢の子をもつ壮年の兵である。おどろいた呂不韋があたりをみると、走っている楚兵の頭はすべて低い。あわてて呂不韋はまなざしをさげた。隊長の馬をみうしなうまいとばかり考えて走っていたのである。

「わしから離れるな」

親切な兵であった。呂不韋はうなずき、唇をなめた。のどが割れるほどの渇きをおぼえている。

前方で喚声があがった。戦闘がはじまったとおもったが、そうではなく、敵兵が投降したらしい。となりの楚兵はまた呂不韋の肩をたたいた。

「もう走らなくてよい」

ということらしい。呂不韋は大きく息を吐いた。草が赤く光っている。草の下の土は夕《よる》の暗さを滲みだしている。

——雉はどうしたか。

呂不韋は捕虜のなかに雉の顔がないか、さがしまわった。捕虜になった秦兵は四百人ほどである。百人は逃げたのであろう。呂不韋がみたかぎり、みな知らぬ顔である。楚兵と捕虜はともに夜陰に融《と》けつつある。

「雉という童僕がいたのです」

と、呂不韋は親しくなった楚兵にうちあけた。楚兵の姓名は、

「蔡季《さいき》」

という。季はあざなである。本名はわからない。

「よし、わしがさがしてやろう」

この篤厚な男は、隊長にことわり、捕虜のなかに十四、五歳の少年がいないか、炬火《きょか》をもって捕虜の顔を照らして、しらべつくした。

「おらぬな」

その声は多少の罄《むな》しさをもっていた。

「そうですか」

失望したような安心したような複雑な気分の呂不韋は、冴えない足どりで、隊長に小刀を返しに行った。隊長は呂不韋にたいしておもいやりをすくなからずもっており、その小刀をうけとらず、名匠の手に成る小刀ではないが護身用にさしあげるといったあと、

「雉という童僕のことはきいた。捕虜はここにいるだけというわけではないので、明朝、ほかの師旅にきいてみる」

と、いい、配下の兵に指示をあたえた。

用心のためか、あるいは策戦上の行動なのか、夜間もこの隊は移動した。

呂不韋は雉の安否を考えつづけた。楚兵に殺されて、草中に屍体となって横たわっている雉を想像するたびに首をふった。雉がみつからないということは、水をさがしているうちに、楚の伏兵に気づき、戦場を回避して、邯鄲へむかったことも考えられる。が、雉は人に隷属することに馴《な》れており、独自の発想によって行動することにためらいがあろう。雉の主人は呂不韋なのである。主人のゆくえがわからなくなったら、さがしまわるのが雉の性質である。それとも雉は藺にいるはじめの主人のもとに帰ったであろうか。ただし藺の邑はいま秦に属している。帰りにくい邑になったことはたしかである。

夜明け前にすこし休息した。

蔡季に起こされると、すでに日が昇っていた。

また歩いた。楚兵の足は速い。戦いがなくても、ここも戦場にちがいない。緊張をゆるめることなく移動している。

日が中天にさしかかるころ、楚兵は歩みをとめた。蔡季の表情にほっとしたものがある。しばらく隊の停止がつづいた。やがてこの隊に騎兵が接近してきた。騎兵の数は十に満たない。かれらは馬をおりるとせわしない足どりで隊長にむかい、楚将のさしずを伝えたようである。それから小さな笑声を立てて、ことばを交わした。

隊長は急に呂不韋をゆびさした。うなずいたひとりの騎兵が呂不韋に近づき、かるく頭をさげ、

「わたしが将である黄氏のもとへお送りします」

と、いい、呂不韋を自分の馬に乗せた。

三

秦《しん》の輜重《しちょう》隊を急襲して潰滅《かいめつ》させ、秦の兵站《へいたん》をおびやかしたのは、黄歇《こうけつ》であった。楚《そ》の頃襄《けいじょう》王の側近のひとりである黄歇は、ようやく少壮の血気が体内でしずまる年になった。が、もともと黄歇は勇気を知恵でくるんだような男であり、少壮のころでも優雅さと沈毅《ちんき》とをかねそなえていたので、頃襄王の性格に適《あ》い、かならず王の意向にそったところにいる臣であった。

秦軍の侵入を知った頃襄王は、令尹《れいいん》の昭雎《しょうしょ》に、

「黄歇に師旅をもたせてみよ」

と、いった。令尹は首相であると同時に元帥である。昭雎は歴代の令尹のなかで十指にはいる名将である。名将とよばれる人は、人の心理についての意識が高く、

慎重さももっている。昭睢はその例にもれず、黄歇が頃襄王の恵育のなかにいることを充分に承知しているので、王に気をつかい、黄歇に傷のつかぬ戦場をえらぼうとした。なにぶん黄歇の用兵の良否を昭睢は知らない。王の近くにいる臣は外交や行政の能力を発揮する者が多く、軍事に関しては信用することができない。昭睢にとって、黄歇の旗鼓《きこ》の才も例外ではない。げんに黄歇は頃襄王の密命を帯びて、和《か》氏《し》の璧《へき》をたずさえ、趙《ちょう》に乗りこんで、趙と密約を交わして首尾よく復命したことがある。黄歇に異才のあることはわかるが、その種の能力は戦陣における能力とあきらかにちがう。そういう認識が昭睢にはあり、自身のことを省《み》れば、

——どちらかといえばわしは戦場のほうが性に適っている。

と、おもっている。

あえていえば、人は管仲《かんちゅう》にはなれぬ。はるか昔に、斉《せい》の国に管仲という名宰相がいた。管仲は行政と軍政の改革をおこない、立法や司法も手がけ、万機をにぎっていながら、君主と民に信頼されつづけ、なにひとつ過誤をおかさなかった。戦略に非凡さをあらわし、国を治めることにすぐれていた。そういう人物は管仲をもって空前絶後であるといわねばならない。宰相像を考えるとき、管仲は理想像であるが、現実に目をくばって山積している難問に直面し、処裁《しょさい》に追われる宰相の職に就

いていると、管仲が例外中の例外といってよい存在であることがわかる。昭睢は自分の器量と才能の限度がわかっており、それだけに他人に多くを期待しない。

黄歇に武功を樹《た》てさせてやれば、頃襄王が喜ぶことはわかっていても、勝機のみえない闇の戦場に黄歇とその兵団を投入して、奇功を待つような愚を避けたいというのが昭睢の心情であった。そのため黄歇に師旅をまかせても、後方において、かならず勝てると判断した時点で、その無傷の兵を前面に押しだすことにした。さらに昭睢は、野天のもとで秦軍と戦うことを避けるために、各邑の邑主《ゆうしゅ》に、

「邑を守ることのみを考えよ」

という指令を送った。そうしておいて秦軍の進攻を見守ることにした。秦軍の規模は十万であり、その数ではとても首都の郢《えい》を攻略することはできないので、国境に近い邑を落とそうとするにちがいないと昭睢は予想していたが、その予想に反して秦軍は直進してくる。

――奇妙だな。

と、昭睢は首をひねった。秦軍の退路を閉じれば、大魚を網ですくいとるように、その大兵団をそっくり獲ることができるのではないか。

――いや、敵将は芈戎《びじゅう》だ。

羋戎はそつのない戦いかたをしてきた将である。白起《はくき》のように天下の耳目をおどろかすような大勝はしないが、諸侯に嗤《わら》われるような大敗もしない。秦の名将のひとりにかぞえてよい人である。その羋戎がわざわざ劣敗の陣《じ》を布くはずがない。

——こちらを野天に誘いだす策戦か。

昭雎はそうみた。それゆえ昭雎は自重をつづけた。そんなときに黄歇が、

「長駆して、秦の輜重を襲いたい」

と、いいにきた。

「ならぬ」

昭雎は一言でその献策をしりぞけた。

が、黄歇は感情を殺したような表情で、昭雎を説得にかかった。一喝されたことを恐れても怨んでも、自分の進言が亨《とお》らぬことを黄歇は知っている。理を推《お》して、昭雎に信用してもらわねば、策を実行することができない。

「この策戦はたんなる思いつきではありません」

と、黄歇はいった。

黄歇はじつに多くの偵察の者を秦軍の進路にばらまいておいた。この点、黄歇はたれにおしえられなくても、戦争とは情報戦であることをわかっていた。偵察の者

からもたらされる情報を分析するうちに、輜重隊が秦の主力軍に連動していないことに気づいた。さらにしらべてみると、その輜重隊は穣《じょう》邑の奴隷で構成され、隊長は戦いに馴《な》れていないようである。これを撃破すれば、秦の主力軍は撤退するであろう。とにかく秦の主力軍の進攻が速すぎる。その軍が楚の邑を落とそうとしないのは、滞陣をきらっているからで、一戦で勝利を得て、帰途につきたいからではあるまいか。黄歇がそこまでいうと、昭睢はかすかに口をゆがめて笑った。

「よく看《み》た、と褒めたいところだが、なんじが長駆して輜重を襲えば、秦将のおもう壺にはまる。なんじのいう秦将の望む一戦とは、それよ。やめておけ、生きて還《かえ》ってこれぬぞ。なんじの才は玉座の近くで発揮されるべきだ。その才が戦場で竭尽《けつじん》すれば、王がお嘆きになるばかりでなく、楚の損失となる。秦軍には手をだすな。放っておけば、おのずと帰る軍よ」

昭睢は耳を貸さない。

黄歇はあきらめず、言を揚げつづけた。

昨年、楚は大軍容をもって周《しゅう》を突破し、秦を攻めようとした。その戦略はまことに雄大で、楚の民は積年の秦への怨みを晴らすべく、兵となって勇んで立ちあがった。だが、楚の大軍は山南《さんなん》の地で周を望みながら、むなしく、滞陣をつづけ、ついに一戦もおこなわず、今年帰途に就き、帰郷した兵士たちは余憤のなかで戈矛《かぼう》を臥《ふ》せた。そこに秦軍が乱入してきた。こんどこそ秦軍をたたきのめせると意気込んだ兵士たちは、防衛の陣を布いて一歩も動かぬ令尹の指揮ぶりに不審と不満をいだいている。恐れながら、王の意中にあるものも、おなじではあるまいか。このまま秦軍が楚の国内を荒らしまわり、その傍若無人の凶暴さをみすごし、匡《ただ》さなかったら、

――楚の君臣は居竦《いすく》まるしか能がない。

と、世間にうけとられ、今後どうしてわが王が諸侯を率いて秦と戦うことができようか。いま重要なのは、勝敗ではなく、戦うか戦わないかということであり、勝敗にこだわって天下の信望を失うことこそ愚策というものではあるまいか。さらにいえば、この戦いは侵略戦ではなく防衛戦であり、非は秦軍にあって正義は楚軍にある。戦いに、何のためらいが要《い》ろうか。

黄歇は粛々《しゅくしゅく》とことばを昭睢に寄せつづけた。

――わしは老いたか。

昭睢の胸中に嘆傷《たんしょう》が生じた。黄歇のいう通りである。頃襄王を擁立したのは昭睢である。それから十八年がたった。この間、先君の懐《かい》王が秦の陰黠《いんかつ》な謀計によって幽界へつき落とされた怨みを忘れたことはない。それでも国政をあずかる者とし

て、気づかないうちに保守の気分を濃くしていたらしい。

——けっきょく秦とは相容れないのが楚の宿命であろう。

どちらかが滅ぶまで戦いつづけるしかない。黄歇の言は退嬰《たいえい》ぎみの昭睢を醒《さ》ましたといってよい。

「わかった。秦の輜重を潰《つぶ》そう。が、秦将は芈戎だ。うしろにも目がついているとおもったほうがよい」

「芈戎が後方をみるために、鏡を用いるとおもわれます」

黄歇はおもしろい表現をした。

「鏡とは——」

「令尹が奇襲の兵団をつくり、奇襲を成功させようとすれば、令尹ご自身が主力の軍を秦軍にすすめて、秦将の目をひきつけようとなさるでしょう」

「むろん、そうするつもりだが……」

「それが秦将にとって鏡になるのです。いままで動かなかった楚軍が急に動いたことに意味がなくてはなりません。楚軍の動静を鏡としているのが秦将ではありますまいか」

「黄歇——」

昭睢は舌をまいた。数多くの戦場を踏破してきた老将がいいそうなことを、まだいちども師旅を指揮したことのない黄歇がいったのである。

「わしが微動だにせぬとなれば、なんじは独行することになる。秦軍につかまれば、全滅するぞ」

「わかっております。わたしのことは捨て置いてください」

決死の覚悟をみなぎらせて黄歇は発した。かれは長駆して、秦の輜重を痛撃した。痛撃後の指揮ぶりもみごとで、芈戎の軍が旋回したときには、秦軍の牙爪《がそう》がとどかぬところに兵を引いていた。捕虜の多さは勝利の大きさをあらわしている。

「奇襲成功」

の報をつかむや、昭睢は軍を動かした。引くとわかっている秦軍である。ここは押しつづけるのが得策である。黄歇の帰途を確保する狙いもある。その黄歇が予想以上の戦果を得て帰ってきた。

「芈戎の裏をかいたな。なんじは王都にもどり、王から褒詞《ほうし》をたまわるとよい」

すでに昭睢は頃襄王に捷報《しょうほう》を献じておいた。

「令尹のおかげで、国家のお役に立つことができました。王にはそう言上いたします」

本陣をしりぞいた黄歇のもとに急騎が近づいてきた。馬上にふたつの影がある。黄歇はひたいに手をかざした。

――たれをつれてきたのか。

黄歇が見守るうちに、馬上のふたりは降りて、騎兵が足早に報告にきた。

「なに、呂不韋《りよふい》……、あれが、そうか」

おどろいた黄歇は歩をすすめ、呂不韋の顔を確認しようとした。呂不韋は顔をあげた。

暮愁

一

地に片膝をついて仰首している若者が、呂不韋《りょふい》であることを、黄歇《こうけつ》はたしかめて、おどろいた。

——ずいぶん成長した。

頭髪がみじかく、面皮を日焼けの赤黒さがおおっているため、その容貌に、邯鄲《かんたん》でみた色の皓《しろ》い美童をかさねあわせにくいということもあったが、眉宇《びう》のあたりに淡晴《たんせい》な意志があらわれはじめていることが、大きなちがいである。これほど人はちがってくるのか。呂不韋はまだ成年には一、二年を要するであろう。二年で、これは人は一生のうちで、このとしごろに全身で世間を吸収しようとするのかもしれない。が、それゆえ変貌も烈しい。呂不韋は善《よ》いほうに変わっているように黄歇には感じられた。

「呂氏……、奇遇だな。たがいに生きていればこそ、こうして遇《あ》える。だが、皮肉なことに、こういう喜びをほんとうに感ずるのは、いちどは死に直面した者にだけゆるされることだ。そうではないか」

黄歇が死に直面したというのは、この戦場においてではなく、頃襄《けいじょう》王の使者として邯鄲へむかった途中で、和氏《かし》の璧《へき》を失い、自裁を覚悟したということであろう。

「仰せの通りです」

死に直面したといえば、呂不韋のほうが回数は多いかもしれない。

――僖福《きふく》はどうしただろう。

急に胸がうずき、そのうずきが佼々《こうこう》たる女体に変わった。衰弱して死にかけた呂不韋を全身全霊で助けてくれた僖福は、藺《りん》の邑主《ゆうしゅ》に仕えていたのであるから、邑主の死とともに生活の場を失ったことになり、さらにそこに秦《しん》兵が土足で踏みこんできたとなると、けっして幸福な女の容《かたち》を想像することができない。その僖福をおもうと、呂不韋は無力感のなかに零《お》ちる。

――愛する者を救ってゆきたい。

そのためにはおのれのなかに巨大な力をたくわえねばならない。当下、もっとも大きな愛のありかたは、戦争のない世にするということであるが、それは王侯のたれひとりとして成しえず、奴隷の身分から脱したばかりの呂不韋の考えるべきことではないのかもしれぬ。

「なんじとゆっくり語りあいたいが、ここは戦場だ。わしは征矢《そや》をたずさえて、王事に奔走せねばならぬ。なんじはわが家でわしの帰還を待っていてもらいたい。たれかに送らせよう」

黄歇は配下のひとりを呼んだ。

「あ、黄さま――」

いそいで呂不韋は孫《そん》先生と雉《ち》のことを語った。

「捕虜のなかに、そのふたりがいたら、郢《えい》へ送るように手配しておこう」

黄歇は功を樹《た》てるのに、血走った目をしていない。これが本来の貴族のありかたである、ともいえる。黄歇は至誠をもって頃襄王に仕えているようであるが、卑賤の身分から昇進したわけではないので、頃襄王の機嫌をうかがいつづけてはおらず、いわゆる諛佞《ゆねい》の臣ではない。楚《そ》の貴族の多くは、古来、王室の繁栄をわきにおいて自家の隆昌を考えた。しかし黄歇は、その両者をほどよく考えているともいえるが、かれは国家を最優先に考える社稷《しゃしょく》の臣といってよく、それだけに頃襄王に昵狎《じっこう》しているとはいえず、我利に専心しているともいえない。そこに楚の群臣にはみられない心鏡《しんきょう》というべき境地があり、ことばをかえていえば、自分の有能さにおぼれない客観があり、それゆえ黄歇は不足の自己を塡《み》たそうと努力し、自己の研鑽《けんさん》をおこたらない。そのことが、軍事というかれにとって得意ではない分野に、畏縮しない自己をださせたといえるであろう。

非凡な男にはちがいない。

感覚のするどい呂不韋には黄歇の存在が特異に感じられた。

――ゆとりがある。

戦場でそれを感じさせてくれたのは、黄歇ただひとりである。それだけでも黄歇は尋常な人ではない、とあらためて感心した。感心しただけではなく、自分もそうありたいと呂不韋はおもった。

人が必死に何事かをおこなわなければならぬのは、戦場裡ばかりではあるまい。いのちにかかわるような事業を正面にすえたとき、当然、人はそれに専心し、邁進《まいしん》する。だが黄歇をみていると、非凡人はそうではないという暗示がある。なしとげなければならぬ事業に全身全霊を投入するあまり、そこで失う物も多いというのが常人《じょうじん》である。非凡人はそういう死活の境に立たされるまえに、他人が現実の苦楽を左右に置いて眄視《べんし》しているときに、あたりに目もくれずに想像のなかの困難に直面し、格闘している。そのことが、実際に直面した困難の規模をはかるものさしをもたせてくれたことになる。それゆえ非凡人は、成功と失敗とをたやすく判断することができ、成功を大きく、失敗を小さくすることもできるのではないか。

はやい話が、呂不韋のような賈人《こじん》の子が、黄歇のように兵を指揮することはない、とおもえば、呂不韋の想像は困難をもたない。が、いつか黄歇とおなじ指揮官になる自分を想像すれば、呂不韋の関心は戦場という危地から去ることはない。したがって、

「黄氏の旗下においていただけませんか」

と、呂不韋はいいたかった。しかし黄歇はすでに遠くにいた。郢へゆくしかないようである。

呂不韋の横に若い武人と馬とが立っていた。

「わたしは、郢まで呂氏を送るように命じられました桑衣《そうい》といいます。呂氏は馬に乗れますか」

「なんとか」

「では、ゆっくりゆきましょう」

桑衣は中級貴族の出身のようで、口ぶりに雅味がある。馬上の人となった呂不韋は徐々に緊張が解けてゆくのを感じた。

長江にながれこむ漳水《しょうすい》のほとりに大きな集落があり、そこの民家に泊まったとき、小さな事件があった。

夕方、呂不韋と桑衣が井戸の近くで手足を洗っていると、生《い》け籬《がき》を越える影があった。その影はいちど地に落ち、おきあがって、ふたりのほうに走ってきた。

「助けてください」

少女である。総角《あげまき》の片方の角がくずれている。肩で息をしている。呂不韋はなかば翳《かげ》になった少女の顔をみつめながら、

「小環《しょうかん》ではないか」

と、いってみた。

少女の眉にゆるみがあらわれ、刺すようなまなざしにとまどいとおどろきとがくわわった。

「魏《ぎ》の山陽《さんよう》で――」

「あ、仲《ちゅう》さま」

少女はあのときとおなじように白い息を吐いた。小環は呂不韋がはじめて肌を接

した舞子《ぶし》である。小環もそれはおなじで、寒気のなかで抱きあい、温めあった行為は、それ以上何も求めなかったことで、その記憶は清らかな体温をたもっている。

小環は張りつめていた心身が崩れたように呂不韋の胸に倒れかかった。呂不韋は小環のからだの重さをはじめて感じた。それはこの少女が熟したものをもったことであり、もっといえば、それを感じた呂不韋の体軀《たいく》に男らしい重みがそなわったということでもある。

「兵に追いかけられています」

と、小環は呂不韋の耳もとでいった。からだのどこかがふるえたようである。そのふるえが呂不韋につたわった。

「呂氏、その娘は――」

事情のわからない桑衣は眉をひそめた。

「知りあいの舞子です」

呂不韋がわけを話そうとしたとき、生け籬に濁声と酔声と怒声とが近づいてきた。四、五人の兵が小環をさがしているようである。とっさに呂不韋は、

「助けてやりたいのです」

と、訴願するように桑衣にいい、小環を曳《ひ》きずるように歩かせた。舞子ときいて、

桑衣はすばやく察したようで、

「早く——」

と、手をふってふたりを民家にいれ、かれ自身は外の様子をうかがうために生け籬にもたれていたが、趨《はし》ってもどってきた。

「寿陵君《じゅりょうくん》の兵だ。たちが悪い。ここは踏みこまれるかもしれぬ」

そういいつつ、桑衣は小環を隠すための場所を目でさがした。

二

頃襄王《けいじょう》には寵幸《ちょうこう》の臣がある。

州侯《しゅう》を左におき、夏侯《か》を右におき、鄢陵君《えんりょうくん》と寿陵君《じゅりょうくん》とを輦従《れんじゅう》させたというのが頃襄王の日常である。

「王はその四人を近侍させ、淫逸侈靡《いんいつしび》を専《もっぱ》らにして、国政を顧《かえり》みることがない。それでは郢都《えい》はかならず危うくなりましょう」

と、直言したのは荘辛《そうしん》という貴族である。荘辛は名君中の名君といわれる荘《そう》王の子孫であり、この貴門は楚《そ》の群臣に敬意をはらわれている。郢の東南にひろがる巨大な沢を雲夢《うんぼう》といい、絶好の狩猟場である。頃襄王はよくその沢をめぐって狩りをおこなった。そういうとき、ゆくさきざきで頃襄王は卿大夫《けいたいふ》からもてなしをうけた。さらに、旅行の費用が足りなくなると、方府《ほうふ》といって各地の府庫に納められている御用金に手をつけた。

その行為は、臣下の祿米を召しあげ、公金を浪費したと同様であり、頃襄王がそれに気づかなければ、側近の臣が諫止《かんし》しなければならない。ところが実情は、四人の臣は頃襄王の失政を匡《ただ》さず、悖謬《はいびゅう》を勧め、おのおの甘い汁を吸っている。

——このままでは、国が傾く。

みかねた荘辛が諫言《かんげん》を献じたのである。よほどの覚悟で苦言を呈したといえる。ただし頃襄王の心情をおもいやってみると、父の懐《かい》王を秦に殺《しん》され、いつか復《ふく》讎《しゅう》を——、とおもいつつも、心ならずも秦と誼《よしみ》を交わし、そういう欺瞞《ぎまん》にいやけがさして、本来の自分に立ち返る場を王宮の外に求めたのであろう。四人の臣は、頃襄王にとって自分の惰気《だき》をみせてもかまわない相手であったといえるし、かれらといっしょにいることになぐさめをみつけることもできたのであろう。

が、王とは、そうであってはならない、とするのが、允当《いんとう》を求める荘辛のような臣である。この争臣をまえにして頃襄王は激怒せず、多少のはばかりをあらわし、

「老いて悖《もと》れるか」

と、いった。高齢になられたために、根も葉もないことを空想なさって、わが身辺を紊《みだ》そうとなさるのか、と皮肉をそえて、とがめた。さらに頃襄王は、

「楚国の妖祥《ようしょう》をなすか」

と、いった。荘辛の言の不吉さが、楚のわざわいのきざしになるとすれば、楚を危うくするのは自分ではなく、あなたではないか、と頃襄王はいったのである。しかし荘辛はいささかもひるまず、口ぶりに枯淡のおもむきをみせて、

「そうなるから、そうなると申したまでで、あえて国の妖祥になろうとはおもいません。王が四人の臣のご寵幸をお熄《や》めにならなければ、楚国はかならず滅びます。それゆえわたしは難を避けるために趙《ちょう》へゆき、淹留《えんりゅう》して、楚の滅亡を傍観させてもらうことにします」

と、ゆっくりと、よどみなくいった。が、諫言の内容は痛烈である。君主の目前で、まもなくこの国は滅びますから、他国へ亡命し、その滅びを遠くからながめたい、といった臣は、この荘辛をのぞいて稀《け》有《う》であろう。滅亡を予感してその国を去った貴族は、古来、すくなくないが、そういうことは黙ってするのがふつうである。荘辛のように君主にむかって明言した者はめずらしい。

事実、荘辛は趙へ亡命するのである。

が、それは、呂不韋《りょふい》が郢へむかっている時点からかぞえて二年後のことで、荘辛に批判された四人の臣は、このころ王の寵幸をよいことに専恣《せんし》を発揮していた。おのずと臣下にも専擅《せんせん》の驕《おご》りが染《し》み、四家の兵は首都周辺の防衛という重任があるにもかかわらず、惰気満々で、帷幕《いばく》のなかに俳優や舞子《ぶし》をひきいれて、高会を催していた。楚軍の弱さは、こういうところにあるといえるであろう。

寿陵君の佐官は、小環《しょうかん》の美しさに目をつけた。小環は自分の全身を押《な》でるような男の目にたびたび接してきたので、その目をはねかえすように毅然としていたが、さすがに危険を感じ、口実をもうけて帷幕をでるや、やみくもに走った。

――こういう生活からのがれたい。

そのための逃走である。もう舞子の集団にはもどりたくない。このまま走りつづけて、夷狄《いてき》の地へはいり、そこで一生を終えても、そのほうが幸福であるような気がした。

小環は舞が好きである。その舞を老いるまでつづけてゆきたい。が、そうさせてはくれそうもない世のわずらわしさとは何なのか。舞をつづけるために、自分の春をひさぐことがありうるとわかる年齢にいながら、舞とは神聖なもので、汚《けが》れのない処女がおこなうべきであり、撫抱《ぶほう》されるとしたら神によってであろう。そのように小環は舞子の集団がもつ明暗を直視して反発するようにおもうときがある。小環はほかの舞子とちがって、長《かしら》からたいせつにあつかわれてきた。しかし長の温情の底には利を求索《きゅうさく》するよどみがある。王侯のような貴人の手が小環に伸びたら、その手に小環の美体をあずけるかわりに、賜金《しきん》をたっぷりせしめようという魂胆がある。

「それで小環は幸福になり、われわれもうるおう」

と、長はいうであろう。

たしかに舞子をかかえて養ってゆく長の苦労はなみたいていではあるまい。長こそ舞が好きで好きでたまらぬ人なのである。舞をやめたくないがゆえに、いやなこともあえてしなければならない。小環にはそれもわかる。わかりすぎることが小環を苦しめはじめたといってよい。この集団にいると、あえぎに似た息づかいしかできなくなった自分を小環は感じた。逃げてどこへゆくというあてはないものの、とにかく逃げたいとおもうようになった。

たまたま呂不韋の胸にとびこんできた小環は、つらい意望が爆発したあとの小環であった。

桑衣《そうい》が心配した通りになった。小環をさがしまわっていた寿陵君の兵は、この民家に踏みこんできた。桑衣と呂不韋がいるのは離れ屋である。炊煙が屋内にこもっていたので、兵が戸をひらくと、煙が外にながれでた。

「けっ、けっ」

と、咳《せ》きこんだ兵は、一歩屋内に足をいれてためらいをみせた。甲士がいる。甲《よろい》を着ることができる者は、楚の国では、そのまま貴族であるといってよい。貴族のことを甲族というのは楚では生きた用語である。

桑衣は剣を引き寄せ、兵を睨《にら》んで、

「何者か――」

と、一喝した。兵は足を引いた。

「はっ、寿陵君の配下であります」

「わしは楚将である黄《こう》氏の使者として郢へ急ぐ者だ。わしをさまたげると、そこにいる数人の首が坎《あな》に落ちるばかりか、そのほうどもをさしむけた者も、元帥である昭《しょう》氏から処罰されよう。わかったか」

「わかっております」

直立した兵は、しかし、すばやく屋内をみまわした。狭陋《きょうろう》な屋内である。炉と竈《かまど》があるだけで、竈の近くで火のついた薪《たきぎ》をもって兵をながめている者がいる。美貌の童子であるが、どうみても小環ではない。この家は高床ではないので、床の下にひそむことはできない。少女ひとりが隠れるところはまったくない家である。

「失礼いたしました」

敬礼をおこなった兵は、民家の敷地内をしらべてから、引き揚げた。女がこの家の生《い》け籬《がき》を越えるところを遠くからみた住人がいる。小環がこの家の庭にはいったことはまちがいない。が、庭を通過して、どこかに逃れ去ったようである。兵は日没後もこの集落の近辺を執拗に探索して、夜中に幕舎にもどった。

「とりにがしました」

そう報告すべき相手である佐官は、蓐《じょく》のなかにほかの舞子を引きいれて、すでに正体なくねむっていた。

小環は難をのがれた。

避難場所は竈である。さほど大きくない焚き口は小環の肩を呑みこんだ。衣服に火がつくといけないので、内衣だけになった小環は竈のなかでからだを折り曲げた。呂不韋は炉をつかって煙をあげ、火のついた薪は竈のなかにいれなかった。焚き口のなかを兵にみせないようにうまくからだをつかった。兵が去ったあと、小環は灰まみれになってでてきた。こうなると男か女かわからない。

「これは、よい」

桑衣は母家へゆき、男の衣服をゆずってもらい、小環の髪を切ることにした。長すぎるのである。女性美の基準は髪の長さと光沢にある。それを切ることは、美しさをそこなうことになるので、桑衣は念を押した。

「かまいません」

もはや舞子として諸国をめぐる気をなくした小環は、自分の過去を断ち切りたいという意志をみせて、はっきりといった。

――いざとなると、女は強いものだ。

凛《りん》と眉をあげた小環をながめながら呂不韋はひそかに感心した。が、よく考えてみると、小環はこれからどのようにして生きてゆくのか、もしかすると小環は自分に依倚《いい》しようとしているのではないか、と呂不韋は多少うろたえた。

「死を重んじ、義を持《じ》して、橈《まが》らざるは、これ士君子の勇なり」

急に孫《そん》先生の教えが耳孔《じこう》によみがえった。

人の死とは重大事であり、人へのおもいやりを保ってくじけないのが、士君子の勇気というものである。

「人の勇気には四つある」

というのが孫先生の説であった。

狗彘《こうてい》の勇、賈盗《ことう》の勇、小人《しょうじん》の勇、士君子の勇、がその四つである。

鶏豚《けいとん》狗彘といえば家畜の代表であり、豚はいのししを想ったほうがよく、いわゆるぶたは彘である。犬といえば、大きな犬、または野生の犬であり、家畜としての犬は狗というのがふつうである。狗は「こう」と読まれるほかに「く」と読まれる。

人のかたちをしていながら、狗彘にひとしい者がおり、かれらは飲食を争い、廉《れん》恥《ち》をもたず、是非を知らない。それが狗彘の勇である。

呂不韋が気にしたのは、賈盗の勇である。孫先生は賈人《こじん》と盗人とをひとしいとみなしている。利益のために貨財を争い、譲ることをしない。それが賈盗の勇であるという。

「世間では賈人はそれほどさげすまれている」

呂不韋の胸のなかで哀しいつぶやきが生じたことがある。孫先生は、ものほしげなさまを、

「恾々然《ぼうぼうぜん》」

と、形容した。狗彘も賈盗も、恾々然としている。自分はそうはなりたくない、

と呂不韋はくりかえし自分にいいきかせたものである。

小人の勇についての説明は簡潔であった。死を軽んじて暴であるのが、小人の勇である。

小環を助けることが士君子の勇気にあたるかどうかはわからないにしても、いまの呂不韋にこの佳麗《かれい》な娘への劣情はない。義俠心《ぎきょうしん》に似た澄んだ情実があるだけである。

漳水《しょうすい》のほとりの集落を出発するまえに、呂不韋は桑衣の耳もとで、

「黄氏は小環のことをご存じではありません。黄氏の家臣は小環を受けいれてくれるでしょうか」

と、小声でいった。

「さて、どうかな」

桑衣はかるがるしく予断を口にしなかった。呂不韋を鄲まで送りとどけるように命じられているが、小環が呂不韋の身内でないとすれば、小環を途中で拾ったことは私事に属し、桑衣が処弁《しょべん》しなければならない。

――わが家であずかるわけにはいかぬ。

桑衣は妻を娶《めと》ったばかりであり、嫩《わか》さがしたたるような美女を家にいれれば、大

いに誤解されるであろう。ひそかに知人にたのめば、さらに誤解をひろげるようなものである。

思慮が落ち着かぬまま桑衣は、小環を馬に乗せた。その馬を呂不韋が曳《ひ》くという。郢はさほど遠くない。

三

黄歇《こうけつ》の出自についてふれておきたい。

かれはのちに春申君《しゅんしんくん》とよばれ、戦国の英傑に称《あ》げられ、斉《せい》の孟嘗君《もうしょうくん》、趙《ちょう》の平原君《へいげんくん》、魏《ぎ》の信陵君《しんりょうくん》とともに戦国四君として後世の誉言《よげん》に生きつづけることになる人であるが、他の三君にくらべて出生がわかりにくい。『韓非子《かんぴし》』に、

――楚《そ》の荘《そう》王の弟、春申君。

と、あるのが、唯一の史料といってよい。

楚の荘王は戦国時代の人ではなく、それよりまえの春秋時代の人である。したがって春申君・黄歇は荘王の弟であるはずがないので、『韓非子』の記述を無価値なものとしてかたづけたくなるが、それを少々おぎなってみたらどうであろうか。た

とえば、

――楚の荘王の弟の血胤《けついん》である春申君。

　ではどうか。

　春秋時代の初期に、淮水《わいすい》近くに、黄《こう》という小国があった。この国は楚の強大さを畏《おそ》れて、楚に入貢していたが、斉に桓《かん》公という英主が出現したことで、楚に離叛した。斉に依恃《いじ》した黄の大臣たちは、

「郢《えい》よりわが国まで九百里ある。どうして楚がわが国に危害を加えられようか」

と、楽観していた。ところが周《しゅう》の襄《じょう》王五年（紀元前六四八年）の夏に、黄は楚軍に急襲されて、滅亡してしまった。そのときの楚王は、荘王の祖父の成《せい》王である。したがって荘王の代では、黄は当然楚の版図《はんと》のなかの邑であり、荘王の弟がその邑に封ぜられたとしてもふしぎではない。

　ひとつの推量としてはそうなるが、ほかに考えられることは、『韓非子』のいう荘王が春秋時代の王を指すのではなく、たとえば、

「頃襄王《けいじょう》」

を指しているということはないか、ということである。荘と頃襄とは似ても似つかぬ諡号《しごう》のようにみえるが、そうでもない。たとえば秦《しん》の昭襄《しょうじょう》王は昭王ともよば

れる。すると当然、頃襄王も頃王とよばれる。その頃と荘とにかよいあう意味か音があれば、頃襄王が荘王であるといえなくもない。荘は、壮大ということである。頃は、しばらくの時ということだが、この字に大きいという意味はなかったであろうか。ここでこじつけをしてもはじまらないにせよ、もしもその荘王が頃襄王であれば、黄歇は頃襄王の弟であるということになる。

ほかに黄歇の経歴を粗描する史料としては『戦国策《せんごくさく》』がある。

――楚人《そひと》に黄歇なる者有《あ》り。游学《ゆうがく》して博聞なり。

というのが、その一文である。

文理からは、黄歇が懐《かい》王の子で頃襄王の弟であるという香りがしてこない。楚の王子が他国に学問にでかけるということにも不自然さがある。そうなると、黄歇は、楚王室から岐《わか》れた家の子孫であると考えるのが無難であろう。

その黄歇の邸《いえ》に三人が到着した。

ところが短時間でこの三人は門外にでてきた。

三人を応対したのは家宰《かさい》であったが、桑衣《そうい》から伝言をきくや、

「あなたが呂《りょ》氏か」

と、露骨にいやな顔をした。その顔をみた瞬間、呂不韋《りょふい》は、

——この家にはとどまりたくない。

と、おもい、かすかに桑衣の甲背《こうはい》をたたき、退出を目でうながした。桑衣も不快をおぼえたらしく、さっと座を立った。門外で桑衣は、

「呂氏にわかったことが、わたしにはわからない。黄氏は呂氏のことを貴賓であるといったのに、家宰のあの渋面《じゅうめん》はどうしたことか」

と、きいた。呂不韋は馬を曳《ひ》いて門からはなれ、あたりに人影のないことを目でたしかめた。

「桑氏は和氏《かし》の璧《へき》をご存じですね」

「むろん、わが国の宝だ」

「楚の国宝であるはずの璧は、いま趙王室の府庫におさめられています」

「何——」

桑衣のおどろきは、和氏の璧がいちどは秦の昭襄王の手ににぎられたという事実とその前後のいきさつについて無知であるということをあらわしている。呂不韋は、小環《しょうかん》にはじめて会ったあと、和氏の璧をたまたま入手し、それを黄歇にとどけてかれを苦難から救ったことを語り、趙の藺相如《りんしょうじょ》が使命を完遂するにおいて自分が果たした役目や穣邑《じょうゆう》へ送られたわけなどをついでに話した。

「呂氏はそういう人か」

桑衣は呂不韋にむけるまなざしを端《ただ》した。尋常ならざる童子であるとは感じていたが、すでに国難というべき波瀾を乗り越え、二人の王の使者を助けている。

小環は目を見張っている。自分が生きてきた世界とはかけはなれた世界を疾走してきた人を感動のなかでみている目である。

「けしからぬ」

桑衣は黄家の家宰を非難した。主君のいのちを救ってくれた者にむかってあの顔はない。黄歇は楚の逸材であるが、あの家宰がいては、せっかくの声望も地に墜《お》ちる。

が、呂不韋は冷静である。

「桑氏、家宰は一家の家計をあずかる人でしょう」

「むろん」

「黄家にとって、黄金百鎰《いつ》は大金でしょうか、そうでもありませんか」

「黄金百鎰……、それが大金でない家があろうか」

この童子は何をいいだすのかという表情で、桑衣は呂不韋をみつめた。

鎰は戦国期をすぎると消えてしまう衡《めかた》の単位である。黄金の重さをあらわすには、鎰のほかに斤《きん》という単位もある。戦国期は鎰と斤とが併用されていた。一鎰が二十両（または二十四両）にたいして一斤は十六両である。のち、漢《かん》の時代になると一斤が一黄金（一金）とさだめられた。

「わたしの配下に鮮乙《せんいつ》という者がいました。和氏の璧を発見したのは、じつは鮮乙でしたので、黄氏は褒美として黄金百鎰をさずけてくれました。鮮乙は趙で三十鎰を受け取り、残りの七十鎰をわけて、毎年十鎰ずつ受け取りに黄家にゆくことにしました。それが二年半まえのことですから、黄家はすでに鮮乙に二回は黄金を渡しているでしょう」

「わかった。黄氏の家宰は呂氏の配下に黄金を渡すのが吝《お》しいのであろう。それで呂氏をみて、さらに物入りになると計算した。あの顔は、それだな」

桑衣は鼻で哂《わら》った。大家の者は吝嗇《りんしょく》な者が多い。

「ひとつ利口になりました」

呂不韋は落胆したわけではないらしい。表情に衰困の翳《かげ》はない。

――活力のある童子だな。

家宰の冷顔に怒りもせず、途方にくれたという心細さもみせず、首をあげ眉をあげてはっきりものをいう呂不韋をながめて、桑衣は感心した。この童子には、苦難を乗り越えてきた強さのほかに、ずっしりとした心の支柱がある。

——この童子は、すぐれた師について学問をしたか。

桑衣は勘の悪い男ではない。人物をみぬく目もそなえている。

「呂氏を利口にさせたものは、何か」

「ひとつのものをわける良否です」

「黄金のことか」

「それもあります。鮮乙はたぶん残りの黄金を受け取りにこないでしょう。十鎰ずつ受け取るようにすすめたのはわたしです。そのときのわたしには、こちら側の都合しかみえなかった。時は大河のようなものです。となりにいる舟も、時がたてば、遠くにながれてゆく。幸運を受け取るときは、いちどにすべてを受け取るべきなのです。逆に、不運はわければよい」

「ほう、含蓄のあることをいう。呂氏は哲人の弟子であったか」

「はい。先生は儒者で、孫《そん》先生といいます」

「孫子《そんし》か……、それで、いまのことばは孫子から教えられたものか」

「ちがいます。孫先生であれば、侮《あなど》らるるを辱《はじ》とせず、聖人は己れを愛せず、とおっしゃるでしょう」

「なるほど、呂氏の師はすぐれた儒者だ。さて、呂氏は不運つづきだが、この不運をどうわける」

桑衣は呂不韋と小環のために力になってやりたいが、呂不韋を郢にとどければ任務は終了し、黄歇に復命するためにかえらなければならないのである。

小環は呂不韋にすがるようなまなざしをむけている。

春水《しゅんすい》のかなた

一

苦しみに遭遇したとき、その苦しみからすみやかにのがれようとするから、かえって苦しみに捉《とら》えられる。

――いっそ苦しみを満喫《まんきつ》してやれ。

と、呂不韋《りょふい》はおもった。

苦しみにまむかってゆく者がすくないだけに、全身で苦しみをうけとろうとする者にたいして、苦しみのほうが腰を引いてくれるのではないか、と呂不韋は考えた。

それゆえ、

「邯鄲《かんたん》まで、歩きます」

と、桑衣《そうい》にむかっていった。桑衣という若い貴族は胆力にとぼしい人ではないが、さすがに瞠目《どうもく》した。

「藺氏《りん》のもとへ往《ゆ》くのか」

「そうです。戦場ではぐれた雉《ち》という従者と約束しましたし、小環《しょうかん》を、鮮乙《せんいつ》の妹の鮮芳《せんほう》にあずけたいのです。鮮芳は邯鄲で賈《こ》をおこなっています」

鮮芳は女ながら俠気《きょうき》があると呂不韋はおもっている。

「邯鄲は千里、いや二千里のかなただ。道中には危険が多い。また呂氏には金も食糧もあるまい」

「なんとか、なりましょう」

呂不韋は平然としている。桑衣はあきれた。

「呂氏よ。暴虎《ぼうこ》馮《ひょう》河《か》ということばを知らぬか。虎を素手で殺し、大河を素足で渉《わた》れる者は、万人にひとりしかおらぬ。残りの九千九百九十九人は死ぬ。呂氏が小環をつれて邯鄲へゆくのは、まさにそれよ」

「わかっています。が、小環は天涯孤独であり、小環を護《まも》る者はわたししかいません。また、小環を親身《しんみ》になって受けいれ、幸福をはかってくれる人は、鮮芳しかいないとおもえば、邯鄲へゆくしかないのです」

呂不韋にはいのちの大切さがわかっている。自分のいのちが大切であるように、小環のいのちも大切なのである。この場合、自分のいのちを棄てれば小環のいのちを救えるわけではなく、小環を棄てれば自分が助かるわけでもない。いのちの重さに軽重がないとすれば、自分を助けることは小環を助けることになる。

――人を助けることが、けっきょく自分を助けることになる。

それは呂不韋の信念になりつつある。

その強さが桑衣を打った。

「呂氏、わが家の僕夫を属《つ》けよう。金と食糧も用意しよう」

呂不韋はさわやかな笑貌《しょうぼう》をみせた。

「いまつくづく孫《そん》先生の偉さを感じました。先生はこうおっしゃいました。深谿《しんけい》に臨《のぞ》まざれば地の厚きことを知らず、と。人が陥る苦難とは谷のことでしょう。谷の底までゆかなければ地の深さがわからないということは、人はほんとうに苦しんでみなければ、人情の深浅がわからないといいかえることができましょう。わたしは桑氏の篤厚を知ったことが愉《たの》しいのです」

「呂氏、なんじは……」

桑衣はこの美貌の童子に端倪《たんげい》すべからざる何かを感じた。その何かとは、知力と胆力であるが、この童子は知がまさって情が欠如しているとか、勇を誇って知をおろそかにするとか、そういう偏奇《へんき》がない。冷静な計算を情殷《じょういん》がくるんでいるともいえる。もっといえば、計算を超えた計算というものがあり、それが徳望に転化する力を秘めているのではあるまいか。げんに桑衣は自分より十歳ほど下の呂不韋に人としてのおもしろみを感じた。

「桑氏、そのご厚情に半分甘えさせてください」

「半分とは、妙なことをいう」

「楚《そ》に寿春《じゅしゅん》という邑がありますか」

「ある。郢《えい》から東北にあたる。淮水《わいすい》の南岸にあるかなり大きな邑だ」

「そこに父の知人がいます。そこまでゆけば、邯鄲へは独力でゆけるとおもいます」

「わしをがっかりさせることをいうものではない」

「失礼なことを申しましたか」

呂不韋は小首をかしげた。

「厚情に甘えるというのであれば、半分といわず、全部甘えてもらいたい。寿春にゆき、知人にたよれば、独力とはいえまい。それは詭弁《きべん》ではないか」

「そういうものでしょうか。いま楚は戦いのさなかにあり、桑氏の家では僕使のひとりが欠けても不都合が生ずるとおもったので、寿春で僕使をおかえししたかったのです。また父の知人のもとにゆくのは、金や食糧を借りるためではなく、そこで働いて、旅行の金をつくるつもりなのです」

呂不韋がそういったとき、いままでだまってふたりの話をきいていた小環が、急に、

「わたしも働きます」

と、活気のある声をあげた。

——あ、こういう娘であったか。

呂不韋は小さなおどろきをおぼえた。小環はゆくすえの暗さがそのまま目もとにあらわれていて、放っておけば地に吸いこまれそうなほどたよりなげにみえていたのに、その声をよくきくと、素性には陽気さがあり、少々の苦難には負けない強さもある。

「呂氏も小環も戦国の子よ」

桑衣はそういういいかたをした。自分とは思念のめぐらせかたにずれがあるといいたかったのであろう。とにかく呂不韋には人をおもいやる心がある。それゆえ桑衣は不愉快さをおぼえずに、

「では、寿春まで、僕夫に送らせよう」

と、いい、自家に立ち寄った。小環を馬からおろした呂不韋は、門前で、

「この馬は楚軍のものだから、返す」

と、いった。ふたりは門内にはいらず、桑衣を待った。やがて桑衣はひとりの僕夫をしたがえてでてきた。

「待たせたな」

「この馬をお返しします」

「ここからは、馬がないが、歩けるか」

と、桑衣は小環を気づかった。

「はい」

小環は舞子《ぶし》として諸国をめぐり歩いた。足は弱くない。小環の表情から漠然とした不安が消えつつある。舞子の集団から離れたことは、いままでとはちがった質の苦難を求めたことであり、その自覚を小環はもっている。ただしちがった質の苦難がどのようなものか、見当もつかずに脱走し、呂不韋に遇《あ》って、おもわずその胸に飛びこんだが、呂不韋は別人のごとく逞《たくま》しくなっており、小環が背負わなければならぬ苦難を肩代わりしてくれたことで、

——この人に付いてゆけばよい。

と、全身で感じた。自分に対して佯《いつわ》ったり、あえていいきかせたわけではない。素直にそうおもったかぎり、方途に迷いがなくなった。考えてみれば、呂不韋はまったくの他人である。その他人が、自分に対して親切さをしめした場合、他意があると考えるべきなのであろうが、呂不韋からかよってくるものに淫猥《いんわい》さはまったくない。こういう人もいるのか、と安心すると同時に、呂不韋の興味は女にはないのではないか、と疑ってみたくなるような気分になった。小環は男を恐れる本能を失っていない。そういう自分をいつくしみたくあり、一方で、うるさく感じた。

「さて、ここにいるのは栗《りつ》という。この者にふたりを送らせる。栗の父はわが父に仕えていた。いたって信用できる者だ」

と、桑衣は壮年の男をふたりにひきあわせた。

男は呂不韋にむかって鄭重《ていちょう》に頭をさげた。

「栗でございます」

——鮮乙に似ている。

呂不韋はそう感じた。鈍重な男ではない。体軀《たいく》に敏捷さを秘め、心裏に知恵をたくわえているのではないか。呂不韋の直感は栗という僕夫をそうとらえた。が、それほどの男であれば僕夫の身分でいるはずはないのだが、楚という国は国体の古さをそのまま曳《ひ》きずってきたところがあり、たとえば王室の血胤《けついん》をもっていなければ国政に参与できないように、身分を踰《こ》えることがむずかしい。有能であっても僕夫の子として生まれれば、僕夫のまま生涯を終えるということはありうる。

——楚の旧弊はこれか。

そんなことを考えながら、呂不韋は桑衣と別れて、東へむかった。

二

寿春《じゅしゅん》には、春平《しゅんぺい》という賈人《こじん》がいる。

まったく面識のない人物ではあるが、呂不韋《りょふい》の記憶にはその名がある。

父がほめていたのをきいたことがある。

「寿春の春平さんは物堅い。あくどい売買をしたことを、いちどもきいたことがない」

諸国の賈人のなかで、父がほめたのは、春平ただひとりである。呂不韋の耳はその名をとらえ、特別な人として胸におさめていた。しかしながら賈市《こし》において詐《さ》術《じゅつ》を弄しない人であるからといって、義侠心《ぎきょうしん》が殷《さか》んであるとはかぎらない。とりひきのある賈人の子が困窮していても救助の手をさしのべなければならぬ義理はあるまい。賈人の理は、いわゆる道理とはべつなところにある。賈人の理は利に準じている。ところが呂不韋の師の孫子《そんし》（荀子《じゅんし》）にいわせれば、

――利を保ちて義を弃《す》つるは、これを至賊《しぞく》と謂《い》う。

と、なる。利を追求し保持しつつ、道義をつらぬくことはできず、利を棄て、利から離れたところで道義を得ることができる。おそらく孫子にとって、賈人の理は偸盗《ちゅうとう》の理にひとしいであろう。

呂不韋がもの憂《う》い顔つきをしていると、

「どうなさいました」

と、栗《りつ》が近寄ってきた。

「寿春が凶とでると、まったく方途を失う。それを考えていた」

「失礼ですが、呂氏の生国はどこですか」

「韓《かん》だ。生家は陽翟《ようてき》にある」

「陽翟の近くに川がながれておりましたでしょう」

「すぐ北に潁水《えいすい》があった」

「その川は東南にながれて、淮水《わいすい》にそそぎます。その合流する近くに、寿春はあるのです」

「そうか……」

寿春から潁水にそって歩いてゆけば陽翟に到る。が、呂不韋は家族のもとに帰る気はない。

——あれは他人の家だ。

と、おもっている。母の東姚《とうよう》はめざわりな次男がいなくなって、せいせいしていることであろう。家に帰れば、その顔をみることになる。

「家には帰らない」

呂不韋は自分にいいきかせるように、はっきりといった。栗はその語気の強さにおどろき、身を引き、口をつぐんだ。が、その目に親しみの色が生じたのは、この美貌の童子が帰る家をもたぬ放浪者にひとしく、孤独の翳《かげ》を濃くしていることがわかったからである。

——貴門の遊子《ゆうし》ではないのか。

それがわかっただけでも栗の心は軽くなった。実際、栗のような僕夫は主人の鞭《むち》にさらされて生活しており、身分の高い人にたいする恐れは人一倍強い。言動は意のままにならない。それを不自由であるとは感じなくなるとき、志《こころざし》は蕾《つぼみ》のままましぼんでしまい、ついに開花することはない。が、栗は身分の上下を奇異に感じ、世のなかに散見する不公平にひそかないきどおりをおぼえている。こういう男が僕夫でありつづけることは、つらい。しかしながら、桑《そう》家から逃げることを考えたことはない。当主が桑衣《そうい》になってから鞭が飛んでくることはすくなくなったことと、たとえ逃げても楚《そ》からでられず、けっきょく逮捕されるという想像とが、栗に無謀な夢をみさせなかったからである。

ところが、いま栗の目のまえにいるふたりは、環境を脱出したという事実をもっている。ただし、その事実は、ふたりを独立させたというより、生きることがいかに苦難に盈《み》ちているかをおしえ、孤独のさびしさを染《し》みこませている。

――束縛されないとは、そういうことだ。

自分を縛る手とは、自分を助けてくれる手でもある。その手をふりはらえばどうなるか、栗はこのふたりをみて、あらためてよくわかった。

――わしは桑衣さまに従っていたほうがよい。

栗は心の整理がついた。その栗の目が小環《しょうかん》にむけられた。

「男の身なりをさせているが、女だ。呂氏の婚約者ではない。女は呂氏を慕いはじめているようだが、呂氏にその慕情は通じていない。呂氏は小環を妹のようにおもっている」

出発前に栗は桑衣からそうおしえられた。

はじめに小環をみたとき、

——こぎたない娘だ。

と、おもったが、それはわざと小環が貌《かお》をよごしていたせいで、旅をするうちに、そのよごれが剝《は》がれてきて、女の肌膚《きふ》があらわれてきた。

「おどろいた」

佳人ではないか。栗は妻帯していないが、二、三の女を知っている。それらの女はいずれも、沈んだ色の皮膚をもっていて、おせじにも衿喉《きんこう》に光と艶《つや》とがあったとはいえない。それにひきかえ、小環はどうであろう。舞できたえられたせいか、立姿がよく、しなやかさと優雅さとを身につけているようで、しかも、襟足をみてわかるように肌理《きり》がこまやかであり、衣服のなかの肢体がなめらかな皎《しろ》さをもっていることは容易に想像することができる。小環自身は気づかないであろうが、目には男心を誘うような妖しい光が灯《とも》ることがある。それは小環の邪心のあらわれであるというのではなく、

——美女とは、そういうものであろう。

と、栗は考えた。

善美で凝り固まった女が、世にいわれる美女ではあるまい。人や物、いやこの世には、かならず陰陽があり、その陰陽は不変ではない。占いでも卦《か》は陰爻《こう》と陽爻とが組みあわさってできている。すると人の運命にも陰陽があり、人そのものにも陰陽がある。たとえば男は陽で、女は陰であるが、陽のままの男は完成を知らないことであり、男は陰において完成するといわれている。女は逆である。そのように人が成長することは変ずることでもあり、幽玄《ゆうげん》な変化が生じたとき、人は微光を発することがあるのではないか。栗は小環の目の光をそのようにとらえた。

栗が小環に妖冶《ようや》としたものを感じると、小環は栗に近づかなくなった。壮年の男の目を恐れたようである。

——勘のするどい娘だな。

と、栗は多少あわてた。たしかに栗は空想のなかで、小環を抱き、犯しはした。が、その光景は栗にだけみえるものである。ところが、栗の目の光に変化があった。それを栗は気づかなかった。

人は自分の変化に気づきにくい。他人の反応によって自分を知ることが多い、といえる。

「わしは姦邪《かんじゃ》ではないよ」

栗は小環にそういいたかったが、小環に近寄ろうとすれば、固い表情で避けられてしまうので、話をするとすればどうしても呂不韋を相手にするしかない。

「じつは呂氏が寿春で窮迫するようになったら、邯鄲《かんたん》までお送りするように命じられております」

栗はあえて大きな声でいった。呂不韋にきかせるというより、小環に自分の好意を知ってもらいたかった。

「寿春でたずねる人は、春平という賈人です。この人が何の助力もしてくれないとわかったら、小環だけを邯鄲に送りとどけてくれませんか」

呂不韋がそういうのをきいた小環は顔色を変えた。

「仲《ちゅう》さま、いやです……」

「ともに働くといってくれたのはうれしいが、ほかの店がどういうものか、まったくわからない。いちど働きはじめたら、やめることができないような店にはいったら、小環を助けたことにならない」

「それでもよいのです。仲さまといっしょであれば」

小環は肩を揺らした。栗とふたりだけで旅をするとおもえば、ぞっとする。小環はいつまでも呂不韋の近くにいたい。それを訴えたかった。

「寿春に着いてから、あらためて考えよう」

呂不韋は小環にいいきかせ、栗には苦笑をむけた。

――わしは小環にきらわれたな。

さすがに栗は気分を悪くした。こんな童女にきらわれたところで、痛くも痒《かゆ》くもない、といいたいところであるが、栗はもともと心の優しさをもっており、自分が他人の憎悪の対象になることに、傷心をいだいた。

――人とつきあうのは、うわべだけでは、どうにもならぬときがあるのか。

この齢になるまで、それに気づかなかった栗は、奇妙であるといえばいえるが、僕夫の立場にいると、主人の気色をうかがうことに専心して、いいつけられたことを疎漏《そろう》なくはたすことにこころがけて、おなじ僕婢《ぼくひ》の身分にいる者に配慮したことがない。栗にとっては上下の関係がすべてであり、左右の関係は重視する必要のないものであった。

だが、すべての人が縦の関係のなかで生きているわけではない。むしろ人が人らしさをとりもどすのは、横の関係においてであろう。

——わしは不器用だな。

栗が小環に信用されないことは、横の関係を成り立たせることができないことで、栗は自分が善良であると信じているだけに、その善良が役に立たない状況にとまどいをおぼえた。要するに男がつくった縦と横の関係に、女はおさまりにくく、むしろその関係の外にいるのが女であるという認識が栗には欠如している。だが、栗は旅行中に自分の欠点を省悟しようと苦しんだ。それもこの男の優しさといえるであろう。

はっきりいえば、栗は小環を愛慕したのである。ところがかつて女にたいしてそういう感情をもったことがないこの男は、自分を嫌悪し、とまどいつづけた。

三

野の花のむこうに春水《しゅんすい》がながれ、そのかなたに霞《かすみ》が静止している。

楚《そ》の西方では戦いがつづいているのであろうが、ここはのどかであった。

ときどき小環《しょうかん》は路傍の花を摘み、萎《しお》れるまで手からはなさなかった。小環は足《あし》弱《よわ》ではない。歩きかたにはずみがあり、しぐさに活気がある。けっして足手まといになる娘ではない。それどころかそのはつらつとした歩行は、憂愁にからまれそうになる呂不韋《りょふい》の心に力をあたえた。

——小環は十六歳か。

そうおもう呂不韋は十九歳である。

「男の娶嫁《しゅか》は三十歳をすぎてからでよい。それまで懸命に働け」

と、つねづね父はいっていた。男が一家を立てるのは、早くて三十歳であるということであろう。呂不韋としてはその歳に達するまでに十一年あるが、十一年間賈《こ》にうちこんでいる自分を想像しにくい。しかしそうしなければ賈人《こじん》にはなれない。

三年まえに中牟《ちゅうぼう》近くの大邸宅に住む冥《めい》氏という富人《ふじん》に会ったとき、

「わたしは、店を構えたら、鮮乙《せんいつ》を家宰《かさい》にするつもりです」

と、明言した。冥氏に大いに嗤《わら》われた呂不韋は、いつか鮮乙に冥氏の十倍の富力をもたせてやる、と心中で誓った。それから三年たったが呂不韋の手のなかには一金もない。しかし陽翟《ようてき》の実家で三年間まっ黒になって働いても、殖財《しょくざい》はできず、心も懐も寒く虚しいままであろう。どちらの自分がよいと問われたら、やはり旅をする自分のほうがよい、と答えざるをえない。

栗《りつ》がしずかにうしろを歩いている。

——あの男は小環が好きなのか。

ようやく呂不韋に栗の感情の所在がわかってきた。その壮年の男に純情さえ感じた。が、小環は栗のすべてをこばもうとするようである。そこにも少女の純情があるようだが、人とのつきあいにおいて、部分的な許容をみせない小環の性情に、多少残酷なものを感じた。好きであればすべてが好きで、嫌いであればすべてが嫌いであるというのが、小環の性質なのであろう。それはそれで宥《ゆる》されるときがあるが、呂不韋としては、

——惜しい。

と、おもう。はっきりいえば、小環には知徳が欠けている。小環には天与の美貌があるが、その美貌には奥ゆきがない。美しさの質が単純である。みればみるほど輝きをまし、ふれればふれるほど艶《つや》をますというものではない。感情が生《なま》でありすぎることが、美しさの成長をさまたげている。むしろ感情は人格がまとっている衣を脱がしてしまう。裸になった人格は、すぐに人にあきられてしまう。知が光り、徳の艶をもつ人は、おもての美麗さを内に秘すようになり、人としての美しさが幽間におさまる。たとえば鮮乙の妹の鮮芳《せんほう》がそのひとりであろう。あるいは、僖福《きふく》もそうかもしれない。

呂不韋は空をみた。

くっきりと雲を浮きださせた空ではない。靄《もや》のむこうにある空である。渺茫《びょうぼう》としてとりとめがなく、そのとりとめのなさが、呂不韋の感情そのものであった。

「流浪《るろう》して一生を終えるかもしれない」

ふと呂不韋は小環に弱音を吐いた。小環は一瞬さぐるように呂不韋をみたが、すぐにそのまなざしを微笑で飾り、

「仲《ちゅう》さまといっしょなら、地の果てまでゆきます」

と、明るい声でいった。

「旅は、厭《あ》きたのではなかったのか」

「人に気をつかって生きることが厭きたのです」

「それでは山谷《さんこく》に棲《す》むしかない。幽人となって、岳神に舞をささげるのか」

「まあ、楽しそう。鳥や獣と遊び、山祇《さんぎ》にお仕えする。仲さまもそうなさいませ」

呂不韋は苦笑した。小環には悲観というものがないらしい。

「わたしが山谷に棲んでも仙人になれまいが、小環なら、仙女になれる」

呂不韋はそういったものの、胸裡《きょうり》では、それとはまったく逆の想像が生じていた。

小環は人と遊び、人を楽しませる陽気をもっている。人の世を生き生きと渡ってゆ

く素質をそなえている。呂不韋にも人あたりのよさがあるが、内側にある不屈の精神はともすれば妥協をこばみ、惰怠《だたい》を憎み、世の醜悪さと戦おうとする。その戦いに敗れた場合、紅塵《こうじん》のとどかぬ山中に隠没《いんぼつ》するのではあるまいか。

――自分は何をしたいのか。

はっきりいって、呂不韋は未来にあざやかな像を画《か》いていない。売買や投機にどれほどの才をもっているのか、みきわめる機会をもったことがないので、呂不韋は自分が賈に適しているかどうかわからない。学問は好きだが、学者になろうとはおもわない。そのことは呂不韋が小さく固まることをきらっているともいえた。ただし、大きな志《こころざし》をもっているがゆえにそうなるのか、それを志とはいわないのか、呂不韋にはわからなかった。

呂不韋と小環と栗の三人は、郢《えい》をでてから、雲夢沢《うんぼうたく》の北を東にすすみ、竟陵《きょうりょう》をすぎて北に道をとり、黽塞《ぼうさい》に達する道をみつけて北上し、黽塞を経て、淮水《わいすい》にぶつかるまえに東へすすむことにした。その道は淮水の南岸にあって、淮水からゆるやかに遠ざかってゆく。

六《りく》にはいったとき、栗は、

「ここからまっすぐ北へゆけば、寿春《じゅしゅん》があります。およそ二百里ですから、五日で着けるでしょう」
と、いった。
「楚は広大な国だな。ゆけどもゆけども楚の国だ。楚は韓《かん》の十倍の広さをもってい
るような気がする」
と、呂不韋は嘆息した。
この時点より五十年ほどまえに合従《がっしょう》を説いて活躍した蘇秦《そしん》は、韓の国土の広さ
を、方《ほう》千里といい、楚については、方五千里、といった。方は四角または四方のこ
とである。はるかのちに寺院に方丈《ほうじょう》という空間が出現するが、方丈という語はす
でに孟子《もうし》がもちいており、一丈（十尺）四方の広さをあらわしている。
「それでも楚はだいぶ国土を秦《しん》にけずり取られました。それゆえ、戦勝の余勢を駆《か》
って、西方の地を奪回すると主は仰せになりました」
「そうか……、桑衣《そうい》どのは、いまごろ黄《こう》氏のもとで秦兵と戦っておられるのか」
実際、この年に楚軍は江水《こうすい》（長江）にそって西進し、旧巴《は》国の枳《し》という邑を攻略
した。巴と蜀《しょく》のあたりは江水の支流が多く、洛水《らくすい》、涪水《ふすい》、潜水《せんすい》、巴水《はすい》などがあり、
それらの川が江水にそそぎ、合流するところに巴の邑があり、そこより二百二十里
ほど東に枳がある。つまり枳を取れば、江水上流を扼《やく》したことになり、秦の大軍を

東へはこぶ舟団の通過をはばむことができる。楚軍はめずらしくも迅速さを発揮して、果敢にこの策戦を遂行した。

枳の陥落を知った魏冄《ぎぜん》は、戦略の修正を余儀無くされた。

が、呂不韋がめざしている寿春には、戦雲の翳《かげ》は射していない。

六をでて寿春に近づくと、風が変わった。淮水から吹きあがってくる風がある。

呂不韋はその風に爽快さをおぼえた。

——寿春は、吉だ。

と、なんとなく感じた。からだのなかに活力がよみがえってきた。かれは栗に、

「むかし斉《せい》の宰相で管仲《かんちゅう》という人がいた。管仲の出身地は、潁上《えいじょう》であるときいた。その潁上は寿春から近いのだろうか」

と、きいた。おもいがけない質問に栗はとまどい、

「潁上ですか……、そういう邑は知りません」

と、こたえた。管仲の名を知らぬ栗ではないが、出身地までは知らない。呂不韋が管仲に強い関心をいだいていることは、栗にとって不可解であった。

まさか呂不韋が秦帝国の宰相になろうとはつゆほども想わない栗ではあるが、この成人に近づきつつある若者には、

――大廉《たいれん》がある。

とは、感じていた。目つきに卑しさがなく、手つきにけがらわしさがない。貴門の弟子《ていし》であれば、そういう淡雅さをもっている者はすくなくないが、そのかわり貴人にはひややかさがある。ところが呂不韋はあたたかい。栗のような僕夫にも気をつかっている。

――出自とはべつに、人の尊卑はあるらしい。

それが呂不韋を観察してきた栗の感想である。栗は呂不韋に好感をいだいている。

寿春がみえた。

その邑は春風のなかに喧騒《けんそう》を立てていた。三人はまっすぐ津《みなと》にゆき、きらめく光のなかで往来している人に、

「春平《しゅんぺい》という賈人の家を知りませんか」

と、きいた。

「ああ、春氏の家か」

と、おしえてくれたのは、五人目の人であったから、春平は寿春では知らぬ者がないという大賈《たいこ》ではないらしい。

――わたしの父もおなじようなものか。

と、呂不韋はおもった。

邑内を歩いているうちに汗が湧いてきた。おしえられた路を歩いてきたのだが、春平の家がわからない。

「わたしがきいてみましょう」

栗がそういったとき、一軒の家から人がでてきた。馬車に乗るらしい。呂不韋は走った。

「あの、失礼ですが、このあたりに春平という賈人の家があるときいたのです、ご存じでしょうか」

車中の男はあごをさげた。初老にさしかかったという風貌の男で、しかし生気があり、外貌ほど齢をかさねていないかもしれない。

呂不韋はわずかに身を引いた。男の眼光が剡《するど》かったからである。

趨《はし》ってきた小環がいぶかしそうに呂不韋のうしろに立った。黙って凝視しあっているふたりに異状なものを感じた。車中の男は目をあげ、小環をも視《み》た。とたんにその目に微笑が浮かんだ。

凍ったようなふんいきが解けた。

「春平なら、この家だよ」

男はでてきたばかりの家をゆびさした。

「ありがとうございます」

「春平に用があるなら、でなおさなければなるまい」

「ご不在ですか。では、夕方にまいります」

「いや、春平は商用で旅にでた。帰宅はひと月後だ」

そういわれて、呂不韋の肚《はら》から力がぬけた。春平のもとで働いて邯鄲《かんたん》へゆく金をつくることはできなくなった。小環だけを邯鄲へやりたいが、栗と同行することをいやがっている。桑衣の厚意に甘えきって、このまま三人で邯鄲へゆくことは、自分を裏切ったことになると呂不韋はおもう。便宜ばかりを追い求めると小才をきかせることになれて、小利のなかに埋没してしまう。

――それは孫《そん》先生が嫌うところだ。

呂不韋は地にすわった。しばらく考えたいということもあるが、腹が減ったというのがほんとうのところである。

唐挙《とうきょ》の予言

一

呂不韋《りょふい》が地にすわるのをみて、車中の男は哄笑《こうしょう》した。

「童子よ、春平《しゅんぺい》が帰るまで、そこで待つつもりか」

「そうです」

首から下は活力が萎《な》えたが、口吻《こうふん》には活気が残っている。

「ふむ、おもしろい童子だな」

「君子は固《もと》より窮《きゅう》す、と教えられました」

「童子は儒門の学生か」

「かつて慎子《しんし》の門をくぐり、さきごろ孫子《そんし》の儒道を歩きはじめました」

「慎子は、道家《どうか》の慎到《しんとう》だな。孫子は兵家《へいか》に盛名があるが、童子のいう孫子とは儒者なのか」

「そうです。大儒です」

「はは、わしの知らない大先生らしいな」

笑われた呂不韋は目に慍色《うんしょく》をだした。

「怒ったか。では、問おう。孫子の教義の主とするものは何か。仁義などではなく、わかりやすい例を挙げてみよ」

「孫子曰《いわ》く」

「む……」

「学は已《や》むべからず」

「む……」

「青はこれを藍《あい》より取れども藍よりも青く、氷《こおり》は水これを為《な》せども水よりも寒《つめ》たし」

「ほう――」

「また孫子曰く」

男は黙ってしまった。

「高山に登らざれば天の高きことを知らず、深谿《しんけい》に臨《のぞ》まざれば地の厚きことを知らず、先王の遺言を聞かざれば学問の大なることを知らざるなり。さらに孫子曰く。神《しん》は道に化するより大なるは莫《な》く、福は禍の無きより長なるは莫し」

「弭《や》めよ」

「おわかりいただけましたか」

「なんじの師はたいそうな自信家だ。いや、悪気《わるぎ》があっていうのではない。いまの世は、為せば成り、為さねば成らぬという世であることは認めるが、人は少々つつしみを忘れている。おのれの誇大に溺れているともいえる。わしは、うぬぼれているわけではないが、高山に登らなくても、天の高きことを知っている。なんじの師とわしとはどこがちがうか。なんじの師は天を恐れず、わしは天を恐れているところがちがう」

そういってから男は馬車をおりて、呂不韋の顔をのぞきこむようにしゃがんだ。

「姓名をおしえよ」

「氏は呂で、名は不韋です」

「呂不韋か……。さて、春平に用があるようだが、その用というのを、わしに話してみぬか」

「あなたは――」

男の語気がやわらいだのを呂不韋は感じた。

「わしは春平の客で、大梁《たいりょう》の唐《とう》氏という。春平が商売のことで斉《せい》へでかけたので、わしは明朝、ここを発《た》って魏《ぎ》へ帰る」

「大梁へ――」

呂不韋の目が輝いた。

この時代、大梁を知らぬ者はいない。魏の首都で、寿春《じゅしゅん》と邯鄲《かんたん》のちょうど中間にある。大梁を通らなければ邯鄲へゆけぬともいえる。

「あの……」

呂不韋ははっきり顔をあげた。

「大梁までお従《とも》がかないませんか。わたしはここにいる小環《しょうかん》を邯鄲に送りとどけるつもりで、郢《えい》を発ちました。あそこにおります男は、さる貴族に仕えている者で、わたしどもを寿春に送りとどけてくれたのです。春平どのは父の知人なので、寿春で働かせてもらい、邯鄲へゆく金をつくるつもりでした」

「呂氏は楚人《そひと》にはみえぬが……、趙人《ちょうひと》か」

「いえ、生家は陽翟《ようてき》にあります」

「韓人《かんひと》か。童子と童女が邯鄲までふたり旅をするとは、いわくがありそうだが、それは訊《き》くまい」

唐氏は立ち、心配そうな目つきの小環に微笑をむけ、手招きをした。そろりと小環は足をすすめた。

「嚙みつきはせぬ。もっと近くに――」

と、くだけた口調で小環の警戒心を解いた唐氏は、まぢかで小環の顔をみると、

「ふむ、ふむ」

と、うなずきをくりかえし、ついておいで、とあっさりいって、三人を春平の家にいれた。

「おや、先生、おでかけになったのでは――」

と、いぶかしげに顔をあげたのは、帙《ちつ》という男で、この家の奥むきをあずかっている老人である。唐氏はそれにはこたえず、さりげなく帙に近づき、

「陽翟の呂氏を知っているかね」

と、ささやいた。

「はい。とりひき先ですが、それが何か……」

「いや、たいしたことではない。それより、あの童子と童女に、新しい衣服をととのえてくれまいか。それに馬車を一乗貸してもらいたい。あのふたりを従《とも》にくわえ

ることにした」

「へえ――」

帙は入り口に足をはこんだ。

呂不韋と小環は頭をさげた。それをみとどけた栗《りつ》は、

「では、わたしは郢にもどります」

と、多少のさびしさをふくんでいった。

「よく護《まも》ってくれました。桑衣《そうい》さまにも感謝します」

呂不韋がそういうと小環は感情を殺したような表情で栗をみた。栗はちらりと小環に目をやり、すぐに背をむけた。

夕方、この家に客がひとりふえた。

「倓慶《たんけい》」

と、いい、唐氏の護衛者である。かれは怪しむように呂不韋と小環をみた。

澡沐《そうもく》した呂不韋と小環は衣服を着替えている。ふたりとも美貌である。このふたりがいるだけで室内が華やかな明るさをもち、唐氏もめずらしく笑貌《しょうぼう》を保っている。

「ほう、唐氏の趣味は、ここにありましたか」

と、倓慶は皮肉をまじえていった。

ここに、というのは、童子や童女を愛《め》でるということである。唐氏は苦笑した。

「倓先生、このふたりは大梁までの同伴者です。こちらが不韋、あちらが小環です。ふたりは邯鄲までゆく」

唐氏はあえて呂不韋の氏を伏せた。

呂不韋と小環は倓慶にむかって頭をさげた。

「夕方にもどってくる先生は、剣の達人です。口は悪いが、人は善《よ》い」

と、あらかじめ唐氏からおしえられていたふたりは、敬意をそえて挨拶をした。そうした心情はすぐに倓慶につたわり、目容から疑念の色を払いのけ、

「わしはもともと趙人だ。邯鄲とはなつかしい」

と、口調に淡味《たんみ》をあらわしていった。

——剣の達人であるのに、なぜ仕官をしないのか。

呂不韋はかすかにそうおもい、剣の達人であるからこそ仕官をしないのだ、と強くおもいなおした。

この夜、呂不韋と小環がねむったあと、倓慶は酒を舐《な》めながら、ふと目をあげ、

「唐氏は気まぐれに人を拾うことはない。ふたりを憫《あわ》れんだわけでもあるまい。本心をおきかせ願いたいな」

と、いった。

「先生の目に不韋という童子はどのように映りましたか」

「あの童子は成人まえだというのに風格がある。ときどき老練さえ感じさせる。すさまじい体験をしなければ、肚《はら》はあのようにすわらぬ」

「孫という儒者をご存じですか」

「孫か……。孫況《そんきょう》のことかな。荀況《じゅんきょう》ともいうのだが、趙の儒者でそのような名の者がいる」

「不韋は孫子にじかに教えられたようです」

「そうか、だが、儒生にはみえぬ」

「不韋は諸子百家にとらわれることはありますまい。そこをおそらく超越する」

「ほお、唐氏が美《ほ》めるのはめずらしい。さては、あの童子の人相に貴顕があらわれていたのか」

倓慶は杯を置いた。

二

大梁《たいりょう》の唐《とう》氏とは、
唐挙《とうきょ》
のことである。呂不韋《りょふい》の師である孫子《そんし》（荀子《じゅんし》）はのちに、
人を相《うらな》うこと、古人は有りとすることなく、学者は道《い》わざるなり。古、姑布《こふ》子卿《しけい》あり、今の世に梁に唐挙あり。
と、いった。人相を観《み》ることなどは古代の聖人は認めなかったことで、学者は口にしてはならぬことである。中国で最初にあらわれた人相見を姑布子卿といい、それからおよそ二百年後に、魏《ぎ》（梁）に唐挙という名人があらわれた。意訳すれば、そうなる。
唐挙の名をいちやく世間に知らしめた事件が、十五年前にあった。
「沙丘《さきゅう》の乱」

と、いう。趙《ちょう》における内乱である。

趙に李兌《りたい》という能臣がおり、その乱のまえに李兌に会った唐挙は、

——百日のうちに国秉《こくへい》を持せん。

と、おどろくべきことをいった。秉は稲の束のことであるが、国秉といえば国柄《こくへい》とおなじで、国の政権をいう。

「百日以内に、あなたが趙の国政の実権をにぎるであろう」

唐挙はそう李兌におしえた。はたしてそれから百日もたたぬうちに、廃嫡された公子が弟（恵文王《けいぶんおう》）を攻め、武力で王位を奪おうとしたが、失敗し、父（武霊王《ぶれいおう》・主父《しゅほ》）のもとに逃げこんだ。李兌は大臣たちと謀《はか》り、叛乱をおこした公子を討ち、その公子をかくまった先王を殺した。その功によって李兌は司寇《しこう》（警察長官）に任命され、国政にたずさわることになった。

唐挙の予言はみごとに的中したのである。

かれが寿春《じゅしゅん》にきたのは、春平《しゅんぺい》の招待による。

「十日ほど行楽をなさり、そのあいだに孫を観ていただけませぬか」

その誘いに馮《の》って、春の山水を楽しみたくなり、大梁に居をかまえる倓慶《たんけい》を同行者にえらんだ。道中の護衛者としてこれほどたのもしい人はいない。寿春に到着し

た唐挙と倓慶は、春平に大いに歓待され、寿春ばかりでなく淮水《わいすい》のほとりを馬車に乗って探勝した。

唐挙が人相をみなければならぬ春平の孫というのは、正確には外孫で、八日後に春平の娘が二歳になったばかりの子を抱いて実家にやってきた。

「先生、どうでしょうか」

春平と娘は心配そうに唐挙の言を待った。

「二歳では表より内に隠れているものが多い。が、わかることは、この子が成人になるころ、家を失う」

「え——」

ふたりは同時に青ざめた。

「だが、安心なさるがよい。この子には生来の活力があり、少々の苦難には負けぬ生命力がそなわっている。この子は壮年になって家を再興する」

「ああ、ありがとうございます」

娘は涙をこぼしつつ唐挙に礼をいった。

婚家にもどる娘に春平の妻はつきそって行った。春平も商用のために家を空《あ》けることになった。

「家には帙《ちつ》がおります。どうぞあの男に何でもおいいつけになって、心ゆくまでご滞在ください」

そういって春平は出発した。

近隣の景勝をめぐり、観游《かんゆう》しつくした唐挙は、

「さて、引き揚げましょう」

と、倓慶に声をかけたのが、この日の早朝である。倓慶は市で買うものがあるといって、ひと足さきにでかけたのである。日が高くなってから、唐挙は馬車に乗って市へゆこうとした。そのとき呂不韋と小環《しょうかん》に遭《あ》った。

「倓慶先生、あの不韋という童子は、三十五年以内に、位人臣《くらいじんしん》を極《きわ》めることになる」

「何――」

倓慶はぎょっとしたようである。

「おどろくべきことは、まだあります。小環という童女に、至上の色がみえかくれしている」

「唐氏よ。至上の色とは、天子の気ということか。冗談をいってもらってはこまる。天子とは周《しゅう》王のことだろう。あの童女が周王を産むことはあるまい」

「いや、天子を産むとはいっていない。が、天子にかかわりがあるようになること は、まちがいない」

「おどろいたな」

長大息をした倓慶は、ところで不韋の氏は何か、と訊《き》いた。

「呂氏……」

「呂不韋か。ふむ、どの国の宰相になるのかな」

「さあ、そこがむずかしい。北、西、中央、いずれも強い。呂不韋の強運に方角が ないということは、三十年ほどすると、東と南をのぞいて、諸国は統合されるのか もしれない」

「その巨大王国の宰相の席に、呂不韋がのぼるのか」

「人相はそう予言している」

「三十年後には、わしは七十歳になる」

「わたしは生きていることはありますまい」

唐挙は口もとににがさを幽《ほの》かにみせた。

「とにかく、おどろいた」

倓慶は酒の味がわからなくなったような顔つきをした。

　翌朝、四人は二乗の馬車に乗り、出発した。寿春の津《みなと》で二乗の馬車を舟に載せ、対岸の邑というべき下蔡《かさい》でおりた。そこから西北に道をとると、大きな邑である陳《ちん》にゆきつく。陳の北が楚《そ》と魏の国境である。

　呂不韋は馬を御《ぎょ》することができる。呂不韋の横にすわって馬車で旅をする小環は楽しそうであった。ときどき小環は呂不韋に甘えたいような目つきをするのだが、呂不韋は気がつかない。いや、気がついても、知らぬふりをしていた。

　呂不韋の記憶にたちこめている女の香りは、僖福《きふく》のものである。その香りは成熟した甘美さをもっていて、それが未熟さのある小環を近づけなかったといえる。男は壮年をすぎようとするころ、女のそういう未熟さをかえって愛するようになるのであるが、呂不韋の若さはそれを知らない。

　――小環はわたしの妹のようなものだ。

　と、あいかわらずおもい、そのおもいが呂不韋のなかにある男性の居ずまいを正しくさせていた。

　四人は項《こう》にはいった。この邑を治めているのは楚の将軍で項氏といい、その子孫に項籍《こうせき》すなわち項羽《こうう》があらわれるのである。むろんここにいる四人は項羽と劉邦《りゅうほう》の戦いをみることはない。項をすぎれば、三日で陳に着く。

倓慶と親しくことばを交わせるようになった呂不韋は、

「趙のことは、わかりませんか」

と、訊いた。南方にいては、まったく趙に関することがきこえてこない。倓慶は剣術ずきの項将軍に招かれたことがあり、項将軍の臣下にかれの弟子がいる。

「ふむ、趙と魏は、戦争をおこなっていたが、その後、どうなったのか。きいてみよう」

と、倓慶は気軽に腰をあげて、弟子の家へ行った。その夜、倓慶は旅館に帰らず、早朝にもどってきた。

「歓迎されて、一泊することになってしまった」

「二泊でも、三泊でも、気のすむまで、ことばが罄《つ》きるまで、ご門弟の家におられたらよい。わしはここで何日でもお待ちしますよ」

と、唐挙は笑いながらいった。

「そうもゆくまい。邯鄲《かんたん》へ急ぐ人もいる」

「急いではおりません」

呂不韋は心情を素直に述べた。大梁に到着したら、どこかで働いて金をつくらねばならない。

「そうか……」

倓慶は急に手を拍《う》った。それから呂不韋と小環をながめ、

「どうだ、わが家で働かぬか」

と、いった。倓慶は門弟を五十人ほどもっている。かれは妻帯しておらず、家の運営を、

「犬俶《けんしゅく》」

という老人にまかせている。多少の吝嗇《りんしょく》さをもってはいるが、性格にいやな陰《くら》さのない人物で、呂不韋と小環を拒絶するとはおもわれない。

「かたじけなく存じます」

呂不韋と小環は倓慶にむかって頭をさげた。とくに小環は嬉しそうである。邯鄲へゆけば呂不韋と別れなければならないという想像が胸を昏《くら》くしはじめていた。しかし大梁にとどまれば、つねに呂不韋の近くにいることができる。

四人は項を出発して陳へむかった。

道すがら、倓慶は趙のことを呂不韋に話してくれた。

趙はあいかわらず秦《しん》軍の侵攻をうけているようである。そちらの戦いは劣勢であ

るが、魏との戦いは優勢であるらしい。

「国境のあたりで攻防がつづいているようだから、しばらく趙へはいれまい」

と、倓慶はいったが、じつはこのころ戦闘は熄《や》んでいる。この年、趙は伯陽《はくよう》の邑を魏に返すのである。趙から秦へもどった魏冄《ぎぜん》が、趙を侵蝕している秦軍をなかなか引き揚げさせないので、

――魏冄にたばかられたのではないか。

と、趙の恵文王や大臣は疑慮《ぎりょ》をいだき、魏を攻めるのをやめて、魏との友誼《ゆうぎ》を回復しようとした。外交において孤立するのがもっとも危険である。外交の転換が、魏への伯陽返還となってあらわれるのである。

「呂氏と小環や、倓慶先生は人使いが荒いゆえ、わが家にきてもよい。訪問客の応接をしてくれればよいのじゃ」

「あの……、唐氏は、何をなりわいになさっているのでしょう」

と、小環がきいた。

「はは、それを知りたければ、やはりわが家にこなければならぬ」

呂不韋も唐氏には興味がある。春平家では、唐先生とよばれていて、たいそう鄭《てい》重《ちょう》にあつかわれていた。賈人《こじん》ではないらしい。正体がまるでわからない人物であ

るといってよい。

呂不韋よりも小環のほうが唐氏に大いに関心をいだいたようで、

「あのご老人は、善人かしら、悪人かしら」

と、小さな声で呂不韋の意見をねだった。善にも悪にも魅力はあり、その人を惹《ひ》きつける不可思議な力の存在を、小環は唐氏に感じたようである。あえていえば小環はそういう力のなかにはいってしまえば、善悪の区別などどうでもよいのではないか。そこに小環の危うさを呂不韋は感じるのであるが、このときは、

「唐氏は小環に噛みつかぬといったから、善人だろう」

と、たわむれをまじえていった。

「まあ、仲《ちゅう》さま……」

と、袂《たもと》をふりあげた小環は、呂不韋をななめに睨《にら》み、咲《わら》った。

四人は陳の邑にはいった。

こんどは唐挙が知人を訪問した。呂不韋は従者となった。

三

呂不韋《りょふい》が手綱を引いて馬車を停めたのは、大きな商家のまえである。

「大梁《たいりょう》の唐《とう》氏がきたと家人に語《つ》げなさい」

そういわれた呂不韋は、門をたたき、顔をだした門衛に伝言した。ほどなく門がひらかれ、三人の男がいそぎ足で唐挙《とうきょ》に近づき、

「これは、これは、唐先生――」

と、鄭重《ていちょう》なものごしで、馬車を庭内にみちびきいれた。かれらは呂不韋の美貌にかるくおどろき、

「ご門弟ですな。遠路、お疲れでしょう」

と、鄭重さをくずさずにねぎらった。馬車をおりた唐挙は、うしろを歩く呂不韋に、

「倓慶《たんけい》先生と小環《しょうかん》には悪いが、今夜は、美膳《びぜん》を堪能しよう」

と、ささやくようにいい、小さく笑った。

道中で、倓慶は、

「唐氏は王侯貴族にさえ、下にも置かぬもてなしを受ける人だ」

と、いった。が、どうみても唐氏は庶人である。庶人でありながら諸国の貴人や大賈《たいこ》に礼遇されるのはどうしてであろう。呂不韋はますます唐氏に怪異さをおぼえた。

ふたりが通されたのは瓊室《けいしつ》とよんでさしつかえないようなまばゆい一室である。

「まもなく主人がまいります。それまで、おくつろぎください」

三人の男がしりぞくと、すぐにふたりの女が核果《かっか》や漿《しょう》などをいれた器をささげてはいってきた。唐挙は女たちににこやかな顔をむけたものの、女たちが退室するや、するどい目で室内をみまわして、

「瓊玉《けいぎょく》で室内を飾るのは、亡びの兆《きざ》しであるとおもったほうがよい。西《せい》氏の賈《こ》には、あくどさがあるらしい」

と、辛《から》いことをいった。

「天子や諸侯も玉で飾られた宮殿に住んでおられるのではないのですか。亡びの兆しはそこにはないのでしょうか」

呂不韋の問いのほうがすさまじい。

「侈傲《しごう》の者は亡ぶ。貴賤を問わず、そうです。では、なぜ、天子や諸侯は亡びない

のか。先祖の遺徳がそれらの貴人を助けているからだ。それに気づかず、侈傲でありつづければ、三代で亡ぶ。この家の主の西氏は、一代で成功した者であり、先祖が徳をほどこしたとはおもわれないゆえ、目にみえない助けは得られず、わざわいをまともにかぶる」

「それを西氏にお語げになるのですか」

「問われれば、いう。兆しとは、あくまで兆しであり、凶の兆しでも消すことはできる。むかし殷《いん》の朝廷に、桑と穀《こうぞ》の木が抱きあって生えるという妖孽《ようげつ》があった。殷王は懼《おそ》れ、そのわけを伊陟《いちょく》という賢臣にきいた。伊陟はすこしもさわがず、妖は徳に勝たず、と言上した。徳の光で妖気を破ることができる。殷王が徳を修めれば、凶の兆しなど懼れることはない、と伊陟はいった。はたして殷王がそれに従うと、その怪異な木は枯死し、消えてなくなった。西氏もおなじだ。象牙の箸を棄て、瓊室をとりこわせば、凶の兆しは去る。自家が亡ぶまえに、侈傲を払えばよい。が、多くの者は侈傲を保って、自家を失う。呂氏よ、なんじがいかなる財を成し、いかなる高位に陞《のぼ》っても、そういう愚行をなしてはならぬ」

強い声であった。

「はい」

呂不韋はおもわずそうこたえて、唐挙をみた。

この家の主は、西忠《せいちゅう》、といい、若いころたまたま唐挙に人相をみてもらったところ、

「大賈になる」

と、予言されて、大いに喜び、それからやることなすことがつぎつぎにあたり、財のうえに財を積んでここまできた。そういう西忠であるから、唐挙を大いに尊崇《そんすう》し、判断のつかぬことが生ずるとわざわざ大梁へゆき、唐挙の意見をきいた。ただし、ここ二、三年は、唐挙に晤《あ》っていない。

「え、唐先生がご来訪か」

陳《ちん》の邑主《ゆうしゅ》に面談していた西忠は、使いの者の報告におどろき、いそいで退室しようとした。

「待て、待て、西氏よ。梁の唐氏とは、天下随一といわれる人相見の唐氏か」

邑主はにわかに興味をもった。

「さようでございます。旅の途中で、弊家《へいか》にお立ち寄りくださったようです」

「どうであろう。ここに招きたいが……」

あわてて西氏は顔のまえで手をふった。

「唐先生は庶人の家へゆかれることはあっても、貴人の家へはゆかれません。諸侯や大臣のお招きはほとんどお断りになります。それゆえ、どうしても相《うらな》ってもらいたい貴族は、ひそかに唐家の門をたたいているそうです」

「ひねくれ者よな。ま、それもよかろう。わしのほうで、唐氏のもとに足をはこべば、拒絶されることはないのだな」

「おそらくは……」

と、いったものの西忠には自信がない。いきなり唐挙の機嫌を損じると、あとにひびく。まずは自分が晤ったのち、邑主に良否を報《しら》せるということにして、いそぎ帰宅した。

――あまりご機嫌がうるわしくないな。

唐挙をみた西忠はすぐに察したが、すべてを笑顔の下に沈め、

「ようこそいらっしゃいました」

と、声に陽気さをくわえ、唐挙の気色の変化をうかがった。唐挙はもの憂《う》い目容を西忠にむけ、

「一夜、やっかいになりたいが」

と、いった。

「お泊まりくださるのですか。こちらからお願いしようとおもっておりました」

西忠は喜色をふりまき、みずから客室に案内した。

「お従《とも》のかたは、こちらでございます」

と、呂不韋が家人にしめされた室《へや》も、瀟洒《しょうしゃ》な造りであった。室内にすわった呂不韋はため息をついた。こういうみごとな室で起居したことはない。窓の格子でさえ螺鈿《らでん》づくりである。青い微光を放つ格子のむこうに翠松《すいしょう》がみえた。ぼんやりその松をながめていると幹の色が変わった。雨が落ちてきたのである。その雨さえ翠《あお》くみえた。

庭は曲水をもち、あちこちに翠柳《すいりゅう》がある。雨が烈しくなると、庭の翠色に濃淡が生じて、名状しがたいほど美しい。

——翠柯《すいか》、雨烟《うえん》を吐きて、いよいよ杳《くら》し、か……。

呂不韋があかずに庭をながめていると、女がはいってきた。

「どうぞ」

と、いう。どこかに案内されるらしい。

「あの、先生は——」

「どうか、ご心配なく。すでに着替えられて、主人とお話をなさっておられます」

回廊にさしかかった。高床の回廊である。柱も床も朱色であり、しかも漆塗《うるし》りである。雨をながめながら呂不韋は回廊を歩いた。ほどなく浴室に着いた。呂不韋が自分の衣に手をかけると、

「あ――」

と、微笑を浮かべた女に掣《せい》された。衣服は女の手によってぬがされた。浴室のなかには色彩のゆたかな石が敷かれ、熱気が盈《み》ちていた。しばらくすると女がはいってきたので呂不韋はおどろいた。紗羅《さら》のようなものをまとっているだけなので、微光のなかで、体貌がすっきりとみえた。その妖しい美しさに呂不韋の胸が幽《ほの》かにふるえた。

女は無言のまま呂不韋に近づき、手つきで呂不韋を横たわらせ、石で呂不韋のからだを撫《な》でた。まもなくふしぎな快感を呂不韋はおぼえた。

「あなたを何とよべばよいのか」

呂不韋はわずかに首をあげた。

「仄《そく》とおよびください」

その声はあたたかくもありつめたくもある。その落ち着きぶりからすると、二十歳はすぎているようであるが、年齢がわかりにくい体貌で、それだけに呂不韋とし

ては話しかけにくい。

じつのところ呂不韋は西氏の財力に驚嘆している。大賈のなかには王侯をしのぐ富力をもっている者がいるときいたことがあるが、西氏もそのひとりではないか。この家はまさに宮殿である。ところが唐氏の話によると、西氏は一代で富商にのしあがったらしい。

——何をどうすれば、こうなるのか。

この成功の秘訣を示唆してくれる話を仄から引きだしたい呂不韋であるが、どうもうまく口がひらかない。男の饒舌《じょうぜつ》をきらうようなふんいきをこの女はもっている。けっきょく浴室からでるまで、寡黙であった。

雨が細くなっていた。

呂不韋は美貌である。そのことがこの家の女たちに知れ渡ったとみえて、あちこちに呂不韋をうかがう目があった。

ようやく呂不韋は唐挙をみつけた。

「いま、ここに、陳の邑主がくる。呂氏はそこにひかえているがよい」

そういわれた呂不韋はふしぎそうに唐挙をながめた。ふしぎといえば自分がそうであろう。正体のわからない人物の従《とも》をして、いかにも弟子のような顔つきですわっている。このほうがよほどふしぎである。

ほどなく重厚な感じのする貴人が室にはいってきた。かれは唐挙にむかって礼容をしめし、呂不韋にも会釈をした。

「唐先生のご高名は天下に鳴りひびいている。いま楚《そ》は国難のさなかにある。王に微忠をささげているとはいえ、生来の愚鈍は、王謨《おうぼ》をそこなうのではないかと恐れつづけている。どうかわが生計をあやまらぬような善言をたまわりたい」

と、邑主は衍《ゆた》かな声でいった。

「ふむ……」

しばらく唐挙は邑主をみつめていた。

「二年すると、公《きみ》は、王をお迎えする」

「なんと――」

邑主は表情を変えた。

「唐先生、失礼だが、王をお迎えするとは、どういうことか。もうすこしくわしくおさとしくださらぬか」

「されば、申しましょう。二年後に陳邑の主は公ではなくなり、楚王が公にかわる。公はさらに二年すると兵を率いて西行する。その西行は戦果をおさめ、公は転封《てんぽう》される」

邑主は声を喪《うしな》った。

——楚王は遷都なさる。

累代の楚王が首都とした郢《えい》を頃襄《けいじょう》王は捐《す》てて、陳を首都とするときがくる。頃襄王がそうせざるをえない状況を想像した邑主は、顔色を青くし、目を吊りあげた。

——楚軍は大敗するのか。

話をきいていた呂不韋はひそかに驚愕した。それをこともなげに予言する唐挙を呆然とながめつづけた。

遠雷

一

聖人とは、神の声を聴くことのできる人をいう。

それゆえ、予言を的中させた人も、神の声の伝達者とみなされ、聖人とよばれるのである。

ただし卜占《ぼくせん》をおこなう者は聖人とよばれない。かれらは聖職者であり官人でもあったのだが、一種の技術者とみなされ、その技術に伝統があるがゆえに、かれらの予言は有識者を驚倒させない。

が、唐挙《とうきょ》はどうであろう。

かれは筮竹《ぜいちく》をもたずに人の運命を予想する。

——こういう人もいるのか。

唐挙の正体を知りかけた呂不韋《りょふい》は、心底からおどろいた。むしろ怪しんだ。人は道具とともに進化し変化してきた。道具がその人を象徴する場合がすくなくない。ところが唐挙は何ももたない。神をおろす道具をもたずに神の声を聴くとすれば、唐挙自身が道具と化しているのであろうか。

陳《ちん》の邑主《ゆうしゅ》が複雑な表情で西《せい》家を去ったあと、当主の西忠《せいちゅう》はおそるおそる、

「じつは、親戚や知人のなかで、先生に相《み》てもらいたい人がすくなからずいます。しばらく当家におとどまりくださって、それらの者の望みをかなえてくださるというわけにはまいりませぬか」

と、うかがいを立てた。

雨はふりつづいている。が、燎《にわび》は雨で消えないように金器におおわれ、その窓や透かし模様から放たれる光で、庭は暗くなかった。こまかな雨は、庭に落ちるわずかなあいだ、燎の光にきらめくのである。音のない雨になった。

その庭をゆったりとながめていた唐挙は、

「西氏どの、陳の邑主からおききになったか」

と、ふりかえらずにいった。

「はい。二年後に、この陳が楚《そ》の首都になるとは、仰天いたしました」

「それからのことを知りたくないかね」

「それは、もちろん――」

西忠はおもわず膝をすすめた。いま楚軍は西方に進撃中で、旧巴《は》国の枳《し》の邑を落としたあと、軍の一部は南下し、且蘭《しょらん》や夜郎《やろう》にむかっているという。それは陳の邑主しか知らない極秘情報であるが、西忠はそれをききだすほど陳の邑主に親しい。つまり楚都は戦勝の報《しら》せに沸いているはずであり、この時点で将来に暗澹《あんたん》たる凋《ちょう》落《らく》を画《か》く楚人《そひと》はほとんどいないといってよい。

賈人《こじん》である西忠は陳邑が楚の首都になってくれることに何の不都合も感じないものの、楚の国力が減退してもらってはこまると考えている。端的にいえば、西忠は政商である。貴顕の臣にとりいることによって利権を獲得し、財を築いた。西忠家の豊かさは楚の豊かさのうえにあり、楚がその豊かさをうしなえば西忠家は没落する。西忠自身もそのことはわかっており、それゆえに楚都が陳へ遷《うつ》ってくるのは一大事なのである。

「楚の首都は、潁水《えいすい》をゆらゆらながれ、寿春《じゅしゅん》にながれ着く。ここにいる不韋が死ぬ数年前にな」

唐挙の声は、むしろ呂不韋の胸に突きささった。

――自分にも死がある。

当然のことであるが、呂不韋は考えたこともなかった。師の孫子《そんし》（荀子《じゅんし》）も、死についてはあまり口にしなかった。が、生きる者はかならず死ぬ。その死とは、自分にとって、終わりにひとしいのであろうか。自分の努力や営為が死によってついえてしまうのであれば、つまらない。むしろ、自分が生きたということが、死によって活《い》かされるべきであろう。そういう生きかたと死にかたをしたい。

呂不韋はそう自分にいいきかせた。

「あの……」

さらに西忠は膝をすすめた。困惑したのである。楚の首都が陳へ遷ってくるのはわかった。その首都は安定を欠き、潁水ぞいのどこかに遷り、さらに東南にさがって、寿春にたどりつくこともわかった。だが、寿春が楚の首都になるのが、不韋の死の数年前だといわれても、不韋が何年生きるのかわからなければ、わかったことにならない。西忠にとってもっとわからないのは、唐挙の弟子にすぎない不韋の没年を基準に楚の遷都を唐挙がいったことである。ふつうそういうときは、天下によく知られた人物の名を挙げ、たとえばいまの楚王が崩御して何年後に、とか、いうべきではあるまいか。巷衢《こうく》で朽ちてゆくにすぎぬ庶人の名が楚の大事にかかわりがあろうとはおもわれない。

「西氏どの、耳を貸しなされ」

唐挙はからだをそらした。西忠はからだを折るようにかたむけた。

雨がまた烈しくなった。

唐挙の口が動いている。が、呂不韋の耳までその声はとどかない。

「ええっ――」

にわかに西忠の背すじが伸びた。おもわずふりかえって呂不韋をみようとしたが、唐挙の目に掣《せい》された。それから西忠は落ち着きがなくなった。

「西氏どのの親戚や知人を相るのはかまわない。そればかりか、この邑で、自分の将来を知りたい者がいたら、ここにくるようにいいなさい」

西氏は喜色におどろきをまぜた。

「このことを広言いたしますと、すくなくとも百人は集まりましょう。よろしいのですか」

「ああ、かまわぬよ。多く集まったら、それだけ西氏どのの家運のかたむきをささえてくれる者がふえるとおもわれよ」

「家運のかたむき……」

　はっと西忠は顔色を変えた。

「ひとつ、お祓《はら》いをしておくことだ」

「はあ」

「親戚、知人はもとより、赤の他人の見料《けんりょう》をも、西氏どのが支払うこと。これができねば、楚都が寿春にながれ着くまえに、この家は沈没する」

　西忠はうつむき胸算用をした。唐挙の見料は高い。ひとりにつき一金とすれば、百人で百金である。おそらくそれ以上の支払いになろう。大損といってよい。

　――が、沈没するよりはましか。

　西忠は肚《はら》をすえた。

「よろしゅうございます。見料はすべてわたしがだします」

「まだ、いっておくことがある」

「ほかに何か――」

「見料を西氏どのがだしたということを吹聴せぬこと。それを守れなければ、お祓いにはならぬ」

　さすがに西忠は速答することができなかった。大損をしたうえに、そのわけを他人に語れないとなると、自分に耐えられなくなりそうである。覚悟をさだめる時が必要であった。

呂不韋はふたりのやりとりを興味深くみていた。呂不韋は怜悧《れいり》である。

——陰徳こそ福を招く。

と、すぐに気づいた。だまっておこなう善行こそ、利を超えた利になる。それを唐挙は西氏におしえているのであろう。西家はいま栄えに栄えており、ここでの損はすぐにとりかえせる。が、家運がかたむいてからの損は致命傷になる。西氏は楚の貴門に出入りして商売をしているが、楚が衰弱し貴門がつぶれれば、ともに倒れてしまう。そういう商売のやりかたをあらためるべきときにきていると唐挙は言外にさとしているのかもしれない。

「唐先生、すべておっしゃった通りにいたします」

ことばに力がなかったが、かれなりに想念をまとめはじめたようであった。

逗留が長くなりそうなので唐挙は、

「連れがある」

と、西忠にいい、旅館にいる倓慶《たんけい》と小環《しょうかん》を招いた。呂不韋が西忠の家人とともにふたりを迎えに行った。小環ははしゃいだ。すくなくとも三日は美食とつきあうことができる。

「唐先生は人を相るかただ」

と、呂不韋は小環におしえた。

「相てどうするの」

「運命をいいあてる」

「相ただけで、どうしてわかるのでしょう」

「世の中には、ふしぎな人がいる」

「わたしも相てもらいたいわ」

帰る家のない小環はこれからどのように生きてゆけばよいのか大いに不安をおぼえており、自分の未来にたしかな像があれば、その像が吉であれば近づくように努力すればよく、凶であれば離れるようにしたい。そのための助言を唐挙から得たいのは当然であろう。世のしくみに女性の主体がないだけに、よけいそうである。が、呂不韋は複雑なおもいをいだいていた。唐挙にいわれたことがすべてであれば、生きかたがかたまってしまうという恐れがある。未来が幸福に盈《み》ちていれば、何もせずに寝て待っていればよい。未来が不幸で覆われていれば、いかなる努力もむだであり、早々に自分をあきらめてしまう。どちらにせよ、人は営為の目標をうしなう。しかし師の孫子は運命論者ではなく、人は固定したものではないと主張した。小さなことを積み重ねてゆくことで、駑馬《どば》も千里の馬におよび、愚者も賢者になれる。

「理由のないことは起こらない。自分からでていったことは自分にかえってくる」

と、呂不韋は孫子にさとされたことがある。

未来は起こるのではなく、起こすものであろう。自分の現在と過去からでていったものが、未来としてかえってくるのではないか。

呂不韋はそうおもいたい。

二

門前市を成す、とは、このことであろう。

「唐《とう》先生が西《せい》家に滞在なさっており、しかも見料《けんりょう》なしで相《み》てくださるそうだ」

といううわさが、陳邑《ちんゆう》ばかりか近隣の郷里にもひろまったため、人々が西家に押し寄せたのである。それらの人々を西忠《せいちゅう》の家人が多くでて整理をして、脇門の開閉によって混乱をふせいだ。

呂不韋《りょふい》と小環《しょうかん》とがかわるがわる唐挙《とうきょ》の近くにひかえた。

必死な形相で唐挙の言に耳を澄ます人々をみているうちに呂不韋は、

――人とは悩みのかたまりだ。

と、おもうようになった。人の苦悩に大小はない。家畜小屋から豚が消えたことでも、その人にとっては重大事件なのである。

唐挙は朝から夕《よる》まで人を相た。休憩は二度はさんだ。

「今日は、ここまでです」

と、門を閉じられてなかにはいれなかった者は、門前にむしろを敷いて朝を待った。さいわい気候にめぐまれ、夜中の冷えは厳しくない。

「唐氏は奇抜なことをする」

と、倓慶《たんけい》はおもしろがった。

呂不韋には仄《そく》のほかに苾《ひつ》という夭《わか》い女が付いた。たいへんな好遇といってよい。

「まあ、仲《ちゅう》さまは両手に華――」

夜、部屋にはいってきた小環は呂不韋をかるく睨《にら》んだ。仄は小環より年上であるが、苾は同年齢といってよく、それだけに気になるらしい。美貌の点では小環のほうが苾よりはるかにまさる。ところが苾には気格のようなものがあり、仄は苾にたいしてかならず下手にでているので、そのあたりのことを仄にきいてみると、苾は西忠の戚属《せきぞく》のひとりであった。

同族のなかからひとり成功者があらわれると、父母兄弟につながる者は、その富源に蝟集《いしゅう》する。西氏もそうなのであろう。

血のつながった者を家政の要部にすえたくなるのは、大家をもつ人の本能かもしれない。呂不韋の家でもその傾向にあるのだが、ほんとうに家計に益をもたらしているのは、かれらではないというのが、呂不韋の冷静な目である。国家の経営もおなじことで、王族が高位を占めている国では、王族は国を富ますより自家を太らせることにこころがけているので、すこしも国力があがらない。君主と臣下に血縁関係があれば、たがいに遠慮が生じ、命令も進言もなまぬるくなる。そういう状態ですっきりとした経営や政治がおこなわれるはずがない。

——経営に大小はない。王室でも商家でもおなじだ。

と、呂不韋は考えている。

そこに在るものを安定と考えて、そこに乗ろうとする者がいる。ところが、そこに在るものは過去のものだと考え、未来の安定を求め、乗っているものが不安定であるとおもう者がいる。家を舟だとおもえばよいであろう。舟を持つ者は、舟をうまくあやつってくれる者を喜ぶ。ところが配下のなかに大船の建造を進言したり、

「梁《はし》が架かれば、舟は不要になります」

と、懸念を述べる者がいる。そういう未来像を描ける頭脳を活《い》かすのが真の経営者であろう。

また、たとえば小領主の家のことを百乗の家というが、師の孫子《そんし》は、

「百乗の家に争臣がふたりいれば、宗廟《そうびょう》はこわれることはない」

と、呂不韋に教えた。さらに、

「父に争子がいれば、無礼をおこなわないですむ」

ともいった。

争臣にしろ争子にしろ、目上の者に諫言《かんげん》をおこなう者である。諛言《ゆげん》のなかにいては経営をあやまり、家を滅亡させてしまう。国における君主と家における父は絶対者であるから、その命令やいいつけが正しくなくても従わなければならないというのは、真の忠節ではなく孝行でもない。

――従う所以《ゆえん》を審《つまび》らかにするを孝と謂《い》い、貞と謂う。

と、孫子は厳然といった。

絶対者に従うべき理由を充分にわきまえて従うというのが孝行であり忠節である。

師からそういわれたとき呂不韋は、

――まったくそうだ。

と、おもった。父を恐れるあまり呂不韋は、家のなかで口をとざしてきた。が、父があやまちを犯そうとするとき、苦言を呈する子こそ父を愛し家を愛する者ではないのか。呂不韋は孫子の教えを受けて、さまざまな目をひらいたような気がする。なるほど孫子に遇《あ》うまえは、蔽《おお》われていた者であったにちがいない。

こうして孫子から離れたところで生きていると、かえって師の言が強くよみがえり、師の崇高さがいよいよあざやかになる。

――長生きなされば、師の偉大さは、世の人にもわかるときがくるであろう。

「あなたは孫子から何を教えられたか」

と、問われれば、呂不韋は即座に、

「人への絶大な愛」

と、答えるであろう。人が殺しあっている戦乱の世を直視しては、とても人の性は善である、とはいえぬ。人の性は悪であるにせよ、人が仁義礼などを身につければ、その悪を抑えて、善良な人格を樹立することができ、血なまぐさい世界を消去し、誠敬がかよいあう世界を現出させることができる。その可能性を、ひとりひとりに自覚させ、資質の良否にかかわりなく研鑽《けんさん》を積むことを勧めているのが孫子の実像であろう。

こういうことを考えている呂不韋に、苾という娘はぞんがいよい話し相手になった。

この娘には話の主旨を撮要《さつよう》する能力がある。その聡明さには陰湿な棘《とげ》はふくまれておらず、小環とはちがった質の明朗さをそなえており、ときどききらめかす微笑は、呂不韋の心底をも明るくした。

――家庭に置くには、こういう女がよい。

と、呂不韋は感じた。

苾より小環のほうが情は濃いであろう。人を愛する激しさも小環が苾をうわまわるにちがいない。そういう愛情の衍《ゆた》かさを日常生活に置いてみると、どうなるか。ぞんがい家中に翳《かげ》を生じさせるのではないか。人がもつ愛情は温度を感じさせるものであり、明度を感じさせてくれるものではない。実家にいる義母の東姚《とうよう》がよい例であろう。自分の腹をいためて産んだ子への愛情のそそぎかたはなみならず、そのありかたが実子ではない呂不韋を暗くした。

――人の光は智が発するのだ。

自分の子だけを愛するのは禽獣でもすることだ、と孫子はいうであろう。

呂不韋は旅をかさね、いろいろな人に遇っては、悟得する。人に会ったら、まず問え、賢人のみならず愚人もまた師なり、と孫子はいっていた。自分に満足したら、人の成長はとまってしまうということであろう。呂不韋のそういう考えかたが、苾という娘にはわかるらしい。それが楽しくて、つい長話になってしまう。

「仲さま……」

ふたりの話の外に置かれる小環は拗《す》ねてみせた。仄が呂不韋と浴室に籠もるのも気にいらない。とうとう、

「わたしは仲さまの妹のようなものですから」

と、いって浴室にはいってきて、仄を室外にだしてしまった。

呂不韋は苦笑した。小環の性格を知り、親しみがませばますほど、女を包容していたものを剝《は》がした感じになり、それと同時に佳妙《かみょう》さを感じなくなった。小環にむける愛情は肉親を愛するとおなじ質をもちはじめたがゆえに、妖しいときめきをうしなっている。が、小環はそうではないらしい。呂不韋にどのような神秘性をみたのか、敬慕をつのらせているようであり、小環の性格では、それをかくそうとしない。小環としては、好きな人の近くに長くいたい、という考えかたを行動にあらわすことが最善なのである。

小環といる浴室には危険なにおいが消えている。

この陽気な舞子《ぶし》は惜しげもなく肢体を呂不韋の目にさらした。微妙ではあるが、腓《こむら》の肉のつきかたが変わったようである。歩くことのすくない旅のせいであろう。まるみとなめらかさがくわわったようである。

「こうしていつまでも仲さまと旅をつづけたい」

と、小環はいった。わずかに憂愁をふくんだ声であった。

「人生を旅であると考えれば、ともに歩くことは、夫婦になることだ」

「仲さまと結婚してはいけないのかしら」

と、小環は裸の肩をすり寄せた。

「いけないことはないが……、そうすると、人生がみえすぎる」

呂不韋は小環を傷つけないようにことばをえらんだ。男も女も伴侶によって生きかたが変わる。未来にたしかな展望をそなえた生活も結婚によっていつのまにか幽《ゆう》厄《やく》の場にかわることもあれば、八方ふさがりの窮場も同棲者の出現によっておもいがけない活路がひらけることもある。人はそれぞれ自覚しない力を秘めており、他人とむすびついた場合、その力が噴出する。ただしその力は良好な環境をこわすこともあり、暗室に光の亀裂を生じさせることもある。人生にはそういう恐ろしさとおもしろさとが同居しているのに、小環を伴侶にすえてみると、呂不韋は自分の成長がとまるような気がする。それはたぶん小環が生活者に適していないせいであろう。小環は美貌と美体をもって神に舞をささげる者である。その美しさを人も楽しむが、本来、神が楽しむためにある。いわば小環は巫女《ふじょ》のようなもので、生活のなかで穢《けが》れてはならない。

——そういう女と結婚して、何が楽しいか。

と、いえば、小環を哀しませるであろう。小環を愛するにはべつな手段が要《い》る、と呂不韋はおもっている。

「人生がみえすぎては、いけないのかしら……」

小環はうつむいた。呂不韋はそれにはこたえず、やさしい手つきで、その肩を抱いた。

三

西《せい》家の門前にあいかわらず人が多い。

むしろ人がふえたといってよい。

そういう人々を唐挙《とうきょ》が相《み》るようになって四日目に雨が降った。西氏の家人は門外

に幕を張って人々が濡れるのをふせいだ。そのことを倓慶《たんけい》からきいた唐挙は、

「いかなる善行も悪業も、人の死を動かすことができないように、運命を変えることはできないが、運命の綾《あや》というものを変えることができる」

と、いった。それをきいていた呂不韋《りょふい》は、

——唐先生はむずかしいことをいう。

と、おもった。

運命には幸運と悲運とがある。たとえば呂不韋自身が趙《ちょう》の藺邑《りんゆう》から楚《そ》の穣邑《じょう》へ、奴隷同然のあつかいをうけて送られたのが悲運であれば、そこで孫子《そんし》に遇《あ》ったのが綾ということになろうか。悲運を裏返せば幸運になるが、むしろ運命は表裏をもつというより、輻輳《ふくそう》的であり、綾というのは、精神にかかわりがあるように、目にみえぬ形として存在し、それを踏み台にして人生の高地か低地へ移ってゆくのが人のありかたであろう。ただしそれらのことは明確に自覚することができないし、まして他人の心の変遷を知覚することはむずかしいので、

「呂不韋は穣を脱して郢《えい》へ奔《はし》った」

としか人はいわないであろう。

「脱した」

というのが運命であるとすれば、呂不韋は窮地を脱したことが幸運であると理解されようが、呂不韋にしてみれば、おのれの蒙《くら》さからも脱したのであり、幸運と悲運とは表裏一体であるとかんたんにいい切ってしまいたくない。

「さて、はじめるか」

唐挙の声に呂不韋は立ち、庭にでて、雨中で待っている人を土間にいれ、そこで氏名、年齢、住所を訊《き》き、唐挙に報告する。

天空はますます暗くなり、やがて遠雷があった。

六人目は粗衣を着た若者であった。肩のあたりが濡れて黒ずんでいる。髪についた雨滴を手で拭《ぬぐ》って、唐挙のまえにすわった。いきなり、

「父親がご病疾に罹《かか》っているか」

と、唐挙にいわれた若者はさすがにおどろいたようである。一呼吸をおいて若者は、

「まもなく父は亡くなるでしょう。家督を継ぐ兄は強欲の人ゆえ、一歩（六尺平方）の田圃《でんぽ》さえわたしにくれません。わたしが知りたいのは、父が亡くなったあと、どこへゆき、何をしたらよいかということです」

と、哀願するようにいい、目を落とし、手もとをみつめた。

「東と南が凶、西と北が吉だな。あなたは父親と兄を扶《たす》けて、ひたすら農耕をおこなってきた。そればかりではなく、他の農家に助力をおこない、身内より他人に愛されている。あなたを生かすのは他人であり、あなたが生かすのも他人である」

そういわれた若者の首がすこしあがった。

——この人の氏名は、田焦《でんしょう》で、年齢は二十三で、住所は苦県《こ》であったか。

と、呂不韋は憶《おも》いだしながら、苦悩する若者をみつめている。

「が、他人よりあなたを愛してくれるものがある」

ますます田焦の首が高くなった。

「それは、土だ。地といってもよい。あなたはもしかすると商工業の道へすすみたがっているかもしれないが、じつは農業がもっとも適している。農産の学をおさめ、農民を指導するのがよい。諸子百家のうち農家《のうか》は西方の秦《しん》にすぐれた人が多い。家を出たら秦へ行ったらどうかな」

秦は商鞅《しょうおう》の改革以後、国政の基本を重農においた。農民をおもんじて、商人をかろんずる国である。それゆえ農学者はすすんで秦に移住した。すぐれた農学者に教えを乞うには秦へ行くしかないといえる。

「はい……」

と、いった田焦の声は弱かった。農耕に疲れ、地面をみることにあきたのに、農業が適しているといわれて、やるせなかったにちがいない。

田焦がしりぞくや、唐挙は呂不韋を近づけ、

「あの者にこっそりとこういいなさい」

と、ささやいた。呂不韋はうなずき、すばやく田焦のあとを追った。

「雨衣《うい》を借りてさしあげましょう」

田焦はふりかえり、

「いえ、この雨は、ふりつづきません。邑をでるころにはやみますから、どうかお気づかいはご無用にねがいます」

と、いった。呂不韋は感心した。

「天地のことを、よくご存じですね」

「毎日、天を仰ぎ、地をながめて、生活しておりますから」

「ところで、田氏は、見料《けんりょう》をこの家の主の西氏がだしていることをご存じですか」

「えっ、唐先生のご好意で、無料であるとききましたが、そうではなかったのですか」

「ちがいます。いままで唐先生が相た人々の見料をすべて西氏がだしています。唐

先生も西氏も、それをいわない。知っているのは、田氏とわたしをのぞけば、天と地のみです。天地が西氏の陰徳に感動すれば、いつか西氏を祐《たす》けるでしょう。田氏には天地のことがわかるので、ついお話をしました。このことはくれぐれも他言なさらぬように」

「はあ……」

すこし口をひらいた田焦に微笑をむけた呂不韋は、

「つぎの人、どうぞ、こちらに」

と、庭に目をうつした。

また遠雷があり、にわかに雨がはげしくなった。田焦はもう呂不韋をみずに、門外に去った。その背が暗かった。

呂不韋は雨のことが気になった。それから唐挙がふたりを相おえると、急に庭が明るくなり、陽光が雲間からこぼれ落ちてきて、庭の緑を光らせた。呂不韋の心も明るくなった。休憩をとった唐挙は、呂不韋の表情の明るさに気づき、

「田氏が何かいったか」

と、きいた。

「西氏のことを知り、おどろいたようでした。雨衣を貸そうとしたところ、この雨

は、田氏が陳《ちん》邑をでるころにはやむといい、雨中を去りましたが、はたしてその通りになったので、感心しております」

「農人も漁人《ぎょじん》も、天候についてはくわしい。毎日、天の意をうかがい、地や水と対話しているのがかれらの長所であるとすれば、短所は、人を忘れるということだ。天と地と水を知れば、かれらの生活は成り立つ。ところが昔、魯《ろ》に孔子《こうし》という聖人がいた。孔子は知るとは何を知ることなのかと問われて、人を知ることが知るということである、とこたえた。田氏は農についての知識をみずからのうちにとどめず、人に活《い》かすことができよう。そのためには、人を知らねばならぬ」

「はい……」

唐挙は田焦について語りながら、じつは自分に教えてくれている、と呂不韋はおもった。

「八卦《か》を知っているか」

「存じません」

「乾《けん》、坤《こん》、震《しん》、巽《そん》、坎《かん》、離《り》、艮《ごん》、兌《だ》を八卦という。それらは陽と陰の組み合わせの符号にすぎないが、たとえば乾は天をあらわし、坤が地をあらわすように、天、地、雷、風、水、火、山、沢という分類されたものが、ばらばらに存在するのではなく、かかわりをもって変動する。しかも、それを知ることが、人を知ることにつながっている」

「人を知ることは、それほどにむずかしいということでしょうか」

「はは。その通りだ」

　宇宙を知らなければ、人はわからぬ、といってよい。それゆえ人を知り、おのれを知っているとうぬぼれてみても、その者の知識は微小なものにすぎない。そういう蒙さのなかを人は生きてゆかねばならない。唐挙はそういう人の未来にほのかにともる明かりをみつける者である。たとえば呂不韋は三十五年以内にどこかの国の宰相になる。それが未来にともった明かりであるとすれば、ほかは闇である。また宰相になることが呂不韋にとって幸福であるか不幸であるか、それは唐挙にはわからない。

　ただし、呂不韋が人を知ることができるかどうかは脇において、呂不韋は人にめぐまれるであろうことはわかる。呂不韋は窮地におちいってもかならず救いの手がさしのべられる。その手をつかんでかろやかに窮地を脱するのが、呂不韋の生きかたであろう。

　夜、呂不韋のいないところで、唐挙がその話を倓慶にすると、

「ほう、われわれもその手をさしのべたわけだが、手は、男の手ばかりではあるまい。女の手もあろう。呂氏はうらやましい男だな」

と、倓慶は酔眼を虚空にむけた。

「倓先生は、かつて、女は懲《こ》りたと申された」

「たしかにいった。卦で、離下巽上《りかそんじょう》を家人《かじん》といいますな」

「さよう。陽陰陽、陰陽陽が家人です」

「その第三の陽、すなわち九三の象《しょう》に、婦子嘻々《きき》たり、終《つい》に吝《りん》、とある。ご高察あれ――」

卦は下から読むのがきまりである。

陽を九、陰を六と読みかえるのもきまりで、九三は、下からかぞえて三番目の陽のことである。象はそれについての解説である。

唐挙は内心にやりとした。

三番目の陽とは、むろん倓慶の妻を暗示しているが、倓慶にとって三人目の女であると解することができる。女は陰で男は陽であるが、結婚すると陰陽がいれかわる。女は陽になる。倓慶は妻子をもったものの、その妻子は、嘻々、すなわちやかましくてだらしがなかった。ついに倓慶は吝《は》（恥）じて、妻子を実家にかえらせたのであろう。

「救いの手をだす女もいれば、男の足をひっぱる女もいますが……」

唐挙がそういっても、倓慶はその戯言《ぎげん》に馮《の》らず、杯のなかの夜空に目を落とした。

夜の佳人

一

唐挙《とうきょ》の滞在が十日になった。

それでも西《せい》氏邸の門前から人の影は消えない。

——埒《らち》がないのも同然。

と、にがみを嚙みしめた西忠《せいちゅう》は、

「そろそろ打ち切りたく存じますが……」

と、唐挙の意向をうかがった。西忠の親戚や知人は、われわれはいつ唐先生に相《み》てもらえるのか、と不満の声をあげている。

「いいでしょう」

唐挙にそういわれた西忠は、ほっと胸をなでおろして、

「唐先生のご鑑戒《かんかい》は本日の日没まで」

という札を門前に立てた。

日没になり、門が閉じられるのを怨めしげにみた人々は、小さな噪《さわ》ぎをおこしたが、呂不韋《りょふい》はそれらの人々の氏名と住所とをひとり残らず記して、

「先生は大梁《たいりょう》にお帰りになります。ここにおられる人が大梁まできて、先生にお会いなされば、見料《けんりょう》は不要であると先生は仰せになりました」

と、告げると、いちおう噪ぎは熄《や》んだ。

それをみとどけた西忠は、

——やれやれ。

と、ため息をついた。この十日間はかれにとって長かった。唐挙をもてなすにおいても気骨が折れた。しかし今日ですべてが終わったわけではない。西忠の親戚や知人のうち、遠方に住んでいる者は西忠の家で一泊して、唐挙に相てもらうことになっている。西忠にしてみればおのれの隆昌ぶりを、唐挙の滞在を利用して、親戚や知人に誇示したかったのであるが、それが裏目にでた。

純粋な親切とは、骨折り損のくたびれ儲け以外のなにものでもない。

——二度とやることではない。

西忠はそう自分にいいきかせた。政商であるかれが、ただひとつ、なぐさめを得たのは、呂不韋の未来を唐挙からおしえられたことである。

「あの童子は宰相になるよ。どこの国とはいわぬが、大国をあずかり、諸侯を牛《ぎゅう》耳《じ》るようになる」

その唐挙の声は、西忠の意想を蕩揺《とうよう》させた。

――楚《そ》は衰弱してゆく。

それも唐挙の予言でわかっている。家業を楚の貴門によりかからせてゆくありかたを考えなおさねばならないときにさしかかっているとおもったほうがよいであろう。国外に資本の一部を移しておく必要があろう。栄える者を恃《たの》み、衰える者から離れる。かれの商略の基本はそれであり、楚が大国でありつづけてくれれば、楚の国内における貴門の盛衰だけを観察していればよいのであるが、今後はそれに他国の情勢や貴族の消長をいちはやくつかんで手を打ってゆかねばなるまい。西忠としては危険でむずかしい局面に真向かうことになる。呂不韋がどこかの国の宰相になるとわかっても、それは三、四十年後のことにちがいなく、それまで呂不韋を陰助する親切心は西忠にはない。ただし、

――人は困窮したときに助けられたことを、一生忘れない。

という情理がある。

呂不韋を三、四十年もかげで支えるよりも、苦難に遭遇した呂不韋に救いの手をさしのべる、たった一度の行為のほうが効果が大きく、しかもはるかに投資は寡《すく》ない。

——わしのためというより、わが子のためだ。

呂不韋が西忠の恩にむくいてくれるのが三、四十年後になるとすれば、西家の当主は代がかわっているかもしれない。

ほんとうの深謀遠慮とは自身のためというより子孫のためになされるものをいう。それに気づいた西忠は、情味のある顔をつくって、庭からもどってきた呂不韋を房中に招きいれてねぎらい、

「失礼だが、呂氏は、唐先生の御教導を仰いで人相の道を極《きわ》めようとなさっているとはおもわれぬのだが……」

と、さぐりをいれた。呂不韋の出身を知りたいのである。

「にわか弟子です」

呂不韋の口調にはよどみがない。

「生国は——」

「韓《かん》です」

「郷里は——」

「陽翟《ようてき》にあります」

「韓の陽翟の呂氏が、なにゆえ大梁の唐先生のお従《とも》をしているか、は訊《き》きますまい。お連れの美少女にも、いわくがありそうだ。それはわきに置いて、わしが申したいのは、もしもいま呂氏が苦難のさなかにあるのなら、微力ながら手助けをしたい。あるいは、この先苦難に遭《あ》ったら、わしを憶《おも》いだして、頼ってきてもらいたい」

温言である。呂不韋の耳にはそうきこえた。胸の底が熱くなった。

「おもいがけない御篤情です」

呂不韋の感動をみすました西忠は、満足をおぼえ、

「呂氏は苦労したようですな。わしも若いうちは苦労した。貧陋《ひんろう》の家に生まれたわしは、働いても働いても豊かにならぬ両親をみて育った。そのうち、富む者より貧しい者のほうが多大に働いていることがわかり、くやしくてならなかった。そうではありませんか。多く働く者が多く得て、少く働く者が少く得るならわかるが、この世は、逆といってよい」

と、いった。この述懐には重みがある。西忠は呂不韋の若さに自分の青春を重ね

あわせたくなったのであろう。

呂不韋は多少のとまどいをおぼえつつ、黙ってきいている。

「やがてわしは傭夫《ようふ》となった。その家に唐先生がお泊まりになった。そんなことは知らずにわしが庭の手入れをしていると、つかつかと唐先生が近づいてこられ、顔をみせなさい、という。奇妙な人だ、とわしがおもっていると、唐先生は、東に吉がある、やがて大賈《たいこ》になろう、とおっしゃった」

唐挙の一言が西忠の運を開いたといってよい。それからまもなく西忠は父の妹の家へゆくことになった。その家があったのは、ここ陳邑《ちんゆう》で、陳邑は西忠の実家のあった上蔡《じょうさい》からは東方にあたる。叔母の夫は絹の売買で小さな成功をおさめていた。そのところが叔母は子を産まなかったので、その家は後継ぎをもっていなかった。その夫婦は親戚のなかで自分たちの後継ぎにふさわしい子をさがし、西忠をためしてみよう、ということになった。

「わしはその夫婦の養子となり、貴門に出入りがゆるされるようになると、絹のほかに多くをあつかうようになった。家財が太りはじめて、あるかんたんなことに気づいた。それは、人や物を縦に動かしても利は生じにくく、人や物を横に動かせば、たやすく利が生ずるということです」

世は上下のしくみで成り立っている。下の労働と生産を上が利としてすいあげるしくみであるといえる。そこからぬけないかぎり、下の者はどんなに働いても豊かにならない。

「たとえばそれは天と地の関係のようなもので、地がいくら広くても天にはなれない。ところが、川と海を想ってみればよい。それは天地に羈束《きそく》されない。あえていえば、賈人《こじん》とは水なのです」

西忠の舌は熱をもってきた。

むろん賈《こ》の秘奥を呂不韋に語るつもりはないが、呂不韋の未来をかいまみている西忠は、余人に語ったことがない信念を吐露したくなった。

「人や物を縦に動かすと、利が生じにくいのですか」

そこが呂不韋にとってもっとも理解しにくい。それだけに、しっかりときいておきたい。

「はは、呂氏は耳がよい」

笑声を放った西忠は、

「たとえば」

と、いった。たとえば戦争において兵馬と武器は移動することによって戦利を得る。たれにもそのことはわかるが、将の抜擢や貶降《へんこう》は縦の移動にあたり、それが利にどのようにむすびつくのかみさだめがたい。

「ただし縦の移動に、大利がかくされている。それをみぬくには慧眼《けいがん》が要《い》る」

と、いった西忠は話題をもとにもどして、お困りのことはありませんか、ときいた。呂不韋は感動をひきずったまま、生家をでてからここまでの事件と苦難を語り、

「唐先生と倓《たん》先生に救っていただきました。これからさらに大きな苦難に遭遇したとき、ご厚情におすがりするかもしれません」

と、いった。

――ほう、この年で、韓、魏《ぎ》、趙《ちょう》、秦《しん》、楚と歩いてきたのか。

それに趙では藺相如《りんしょうじょ》を助け、冥《めい》氏と雀《じゃく》氏を知り、楚の黄歇《こうけつ》に気にいられ、桑《そう》氏の知遇をうけた。呂不韋を教えた孫子《そんし》はかくれた大儒であるらしい。この呂不韋は次男に生まれたので、家督を継ぐことはなく、独立独歩で生きてゆくしかないであろう。

「よくうちあけてくださった。呂氏は邯鄲《かんたん》へゆき、ふたたび藺氏の客となって学問をつづけるのがよいでしょう。わしは賈のことで、邯鄲の鮮芳《せんほう》どのをおたずねする

かもしれぬ」

と、西忠はおだやかに口をむすんだ。

かれは家人にも情味のある表情をむけたことがなく、この話の内容を家人が知れば、ここにいる主人は別人ではないかと疑うであろう。

二

この夜、西忠《せいちゅう》の親戚や知人が集まり、邸内はさわがしかった。

小さな宴が催されるらしい。が、唐挙《とうきょ》や倓慶《たんけい》などは別の部屋で食事をとった。

小環《しょうかん》は旅の疲れがでたのか、

「今夜は、浴室へゆきません」

と、いい、ときどき嬌声《きょうせい》がきこえる部屋で横になった。そのままねむったようである。苾《ひっ》の顔がみえないのは、その宴にでているからであろう。呂不韋《りょふい》は仄《そく》に、

「浴室が空《あ》いたら、しらせて欲しい」

と、いっておいた。

倓慶は唐挙とともに夜の庭をながめながら、きもちよさそうに酒を呑んでいた。

かれは急に呂不韋のほうをむいて、

「小環はどうした」

と、きいた。

「気が楽になったので、かえって、おさえてきた疲れが噴きだしたのでしょう。疾《やまい》ではないので、明日には顔色のよさをとりもどすでしょう」

「それならよいが、女は男のからだとはちがう。仄にたのんでおいたほうがよい」

「そうします」

呂不韋は立って、自室に行ったが仄はおらず、小環の部屋をのぞき、それから回廊を歩いた。女の影がある。いそいでそちらにゆき、声をかけようとしたところ、西家で働いている女ではないことに気づき、

「失礼――」

と、いって、立ち去ろうとした。

女はすずしげな絺衣《ちい》をまとい、翠羽《すいう》のような笄《かんざし》をさしていた。柱にもたれて、燎《にわび》をながめていたらしい。

「あ、呂氏ですね」

ふりかえった顔が含笑《がんしょう》した。

——こんなに娃《うつく》しい人が、この家にいたのか。

呂不韋にしてはめずらしくときめきをおぼえた。膚肌《ふき》はおどろくべき皎《しろ》さで、夜の光がその皎さに艶《つや》をくわえている。年齢は呂不韋より下であるとおもわれるが、その落ち着きは呂不韋よりはるかに上である。笄をさしていることは、笄礼《けいれい》の年、すなわち十五歳をすぎていることのほかに、この佳人が結婚しているとすれば正妻であるということである。妾《しょう》とか侍女は、笄をさすことをゆるされない。

「わたしをご存じですか」

「この家の女どもで、呂氏を知らぬ者はありません」

女は徐々に笑いを消して、呂不韋をみつめている。

「失礼ですが、あなたはこの家のかたとはおもわれません」

西忠には正妻がいないときかされている。

「わたしはどこからきて、どこへゆくのか。たれにもわからず、わたしにもわからない」

女は謎のようなことをいった。

べつに呂不韋をからかっているわけではないらしい。口もとや眉宇《びう》から笑いはすっかり引いている。

——この人は深い愁えのなかにいる。

愁えのなかにいるがゆえに、この人はいっそう美しいのか。

「もしかして、あなたは西施《せいし》のご子孫ですか」

この家の氏が西であることで、呂不韋の脳裡《のうり》にふと二百年前の美女の名が浮かんだ。西施は心《むね》を病んで、いっそう美しさが増したといわれる。

「西施……、その名を知っている呂氏は、道家《どうか》で学びましたか」

「慎子《しんし》の門をくぐったことがあります」

「そうですか、……わたしは、西ではなく南、……南芷《なんし》とよんでください」

芷はよろいぐさのことで、香草である。

「南芷さまは、唐先生にお会いなさるのですか」

「人相見として天下随一の唐挙どのが滞在なさっているのですね。雲をつかむような運命を唐挙どのは、どう相《み》るか」

南芷は幽《ほの》かに身を揺らしてふたたび燎にまなざしをなげかけた。その立ち姿の優美さに呂不韋は陶然とした。

——世は茫《ひろ》い。

南芷をみていると、僖福《きふく》を忘れかける。僖福には南芷をしのぐ佳《よ》さがあるはずなのに、それを憶《おも》いだせない。

――自分とは、こういう男か。

情は薄いほうではないと呂不韋は自分を省《み》ている。むしろ衍《ゆた》かなほうではないか。ひとりの女を憶いつづける情素をうしなったつもりはない。が、この世は幼い心でのぞいた世がすべてではないように、かぎりない深みと広さとをもっており、そこで生き、成長してゆくことは、世の深みと広さとを自身にとりいれることであり、そういういとなみの過程では、何かにこだわってきた自分を圧倒する力が世のなかにあるということがわかるときがある。

いまがそうで、南芷は、呂不韋がこれまで考えてきた女の美しさを突きぬけたところにいて、その美しさは超絶している。あらがうことのできない美しさといってさしつかえないとおもうのは、男の目によるのかもしれない。たとえば、小環が南芷を視《み》たら、何というであろうか。

南芷の正体はわからないが、けっして卑賤の出ではなく、教養が豊かであるのは、貴族の家に生まれ育ったせいであろう。

声も美しい。するどく鼓膜を刺してくる声ではない。このことは女の美しさを考えるうえで重要であると感受性の豊かな呂不韋は気づきはじめている。

人の声は、その人を生かしている魂魄《こんぱく》が立てる音である。汚れた魂魄は、汚れた音を立てる。そう割り切ってしまってかまわないのではないか。清らかな息が、生命力、愛情、英知などをふくみ、その息が声となってそれらを表現したとき、人は耳によって美しさを感じ、目によって確認する。呂不韋が南芷にたぐいまれな美しさを感じたのは、はじめに、

「あ、呂氏ですね」

と、いった南芷の声や口調からであったろう。

回廊をひきかえした呂不韋は、

——南芷のような佳人を妻にしたい。

と、痛烈におもった。たしかに南芷は回廊にたたずみ、呂不韋の手のとどくところにいたが、それはたとえば盆《はち》の水に月を映したようなもので、月をつかもうとすれば水をつかむしかないであろう。南芷のような人は、幾山河をはるばると越え、雲のうえにでなければ、めぐりあえない。呂不韋にはそれがわかる。

籠もったような顔つきで部屋にもどってきた呂不韋をみた佽慶は、

「小環が、悪いのか」

と、きいた。

「いえ……」

「何かあった、と顔に書いてあるぞ」

「そうですか。月を観《み》ました。その月をつかむことにしました」

「呂氏、今夜は月はでていない」

「そうでしょう。月は天空になく、地上にありましたから」

この問答がおもしろかったのか、唐挙はゆっくりとふりむいた。

「月は、この家中にあったか」

「はい、悩みつつ、この家の庭と回廊を照らしておりましたが、わたしはその明るさに目がくらみました」

「なるほど、その月は呂不韋だけを照らしに、天空からおりてきたらしい。が、月は、日によって光を奪われる。明日では、月に明るさがあるまい。不韋や、その月にいってくれぬか。唐挙は沈まぬまえに清月を相たいと」

「かしこまりました」

すばやく立った呂不韋は趨《はし》った。南芷の影をみた呂不韋はほっとして、腰をかがめ、唐挙の言をつたえた。

「沈まぬまえに——」

表情にきびしさをくわえた南芷は、しかし唐挙の招きをこばむふうではなく、呂不韋にうなずきをみせた。ちょうど倓慶が部屋からでてきて、南芷に目礼した。かるく頭をさげた南芷は、ちらりと呂不韋に目をやった。

室内で端座している唐挙は、

「呼ぶまで、たれもこの部屋にいれぬように」

と、呂不韋を退室させた。倓慶は立ち去っていなかった。呂不韋に手招きをすると、

「おどろいたな。酔いがどこかに飛んだわ。あれほどの美女が楚《そ》にいたのか。何者か、知っているのか」

と、ささやいた。酒が匂った。

「氏名は南芷です。それしかわかりません」

呂不韋はよぶんな推測を避けた。

「南、芷、か……。南《みなみ》の芷《よろいぐさ》だな。楚に南を氏とする貴族がいたか、いや、いないだろう。すると南芷は氏と名ではなく、南芷でひとつの名になる。むろん本名ではなく、あざなだ」

倓慶は自問自答しはじめた。呂不韋も自問自答している。この家の女どもで、呂

氏を知らぬ者はありません、と南芷がいったことに、疑問をおぼえたからである。そのいいかたからすると、南芷は昨日や今日に西家にきたのではあるまい。すくなくとも数日前にはこの家の客になっていたにちがいない。ところが呂不韋はいちども南芷をみかけなかった。ということは、南芷はかぎられた者にしか会わずにすごしていたことになる。

——謎の多い女《ひと》だ。

と、呂不韋はいっそう南芷に関心をいだいた。

三

「さて、南芷《なんし》さま、人をお待ちですな」

と、唐挙《とうきょ》はやわらかくいった。

「さすがは唐先生です。東方の賈人《こじん》を待っております」

「斉《せい》へお行きになる」

「そうです。これは、吉でしょうか凶でしょうか」

「吉もあれば、凶もあります」

「ほほ、わたしは愚かな問いをいたしました。人は生涯吉凶の表裏を渡ってゆくものですのに……」

「南芷さまにとって、いわゆる吉は吉ではなく、いわゆる凶は凶ではない。たとえば――」

と、唐挙は目に力をこめ、

「あなたさまが王妃になると相《うらな》っても、あなたさまはお喜びにならず、庶民になる、と申し上げても、お哀しみにはならない」

と、いった。

「よくおわかりですね」

「が、いまは、国家のために働こうとなさっておられる」

「その通りです。わたしは楚《そ》を愛しておりますから」

「斉へゆき、斉をさぐる。いや、おこたえになる必要はない。わたしのひとりごとです。東方の賈人は、かつて斉王室に出入りしていた。その関係で、いま莒邑《きょゆう》に逼塞《ひっそく》している斉王をひそかに助けている。斉はほとんど全土が燕《えん》軍の支配下にありますから、その陰助が発覚すれば、賈人は罰せられます。斉の賈人が西《せい》家にくるのは、援助資金が不足したからでしょう。要するに金を借りにくる。その金をとどける役をあなたさまがおこない、莒邑にはいり、斉王の侍女におさまる」

唐挙の舌はなめらかに動いた。この人相見の名人には何かがありありとみえるらしく、あえて推測に推測をかさねて南芷をおどろかそうとするようなおどろおどろしたものはみせず、いたって軽い表情に終始した。

南芷の表情もまたすずしい。

「わたしの父は、楚は滅亡するかもしれぬ、と申しております。滅ぶかもしれぬ楚のために、わたしは斉へゆく。奇妙なことだとおもわれませぬか」

そういいつつ、ここには自嘲のひびきはない。

「きくところによれば、斉は莒や即墨《そくぼく》など二、三の邑を残して滅亡寸前です。ところがそういう状態がぞんがい長くつづいている。滅亡しそうで滅亡しない。いま斉を治めているのは燕将の楽毅《がっき》ですな。またたくまに斉の七十余城を落としたその名将が、なにゆえ二、三邑を落とせないのか、世間の者は首をかしげています。が、非凡な者だけが、そのわけを知る。いま斉を見学するのは、あなたさまにとって損にはならない」

「滅亡の淵での綱渡りを、楚に応用するときがくる。……ほほ、楚王が綱渡りをする」

「郢《えい》からはじめた綱渡りは、ここ陳《ちん》で、ひとまずおわりです」

「まことに――」

南芷の眉に愁えの翳《かげ》がさした。楚にも斉と同様な滅亡の危機がある、と唐挙はいっている。斉王が莒に籠もったように、楚王も陳に籠もるということであろう。

唐挙と南芷がそういう話をしているあいだ、呂不韋《りょふい》は室外に立って見張っていた。

倓慶《たんけい》は自室にもどっている。

やがて南芷が部屋からでてきた。

――愁えが消えたわけではない。

と、呂不韋はみた。

「あ、呂氏……、唐先生にお目にかかったのは、よいことでした」

「少々、口は悪いが、良い先生です」

「それほど人が生きてゆくのは甘くないということです。一瞬の幸運が十年、二十年といった不運の先にあるとすれば、唐先生はながい不運をいわず、みじかい幸運を告げて、その人をはげますしかない」

なるほど、南芷のいう通りであろう、と呂不韋は感心した。こういう犀利《さいり》をもった女が自分より年下であるとはおもわれない。精神の年齢が自分より上であるとおもわれてならない。

「あなたさまも、はげまされたのでしょうか」

「わたしは父の道具として、時の訇哮《こうこう》たる激風に翻弄されてゆくだけの女です。どこかの国の宮中の塵《ちり》と化すか、野辺の露と化すか。そういう末路でしょう」

「南芷さま――」

どこかに自分を捨ててきたような南芷のいいかたに呂不韋は胸を痛めた。

「天が暗黒であるときは、聖人でも愚人のごとく生きねばならぬと教えられたことがあります。待つことによって、天は皓《しろ》さをとりもどすのではないでしょうか。不韋は、あなたさまのご自愛を願ってやみません」

怒ったような口調になった。

「呂不韋……」

南芷はここではじめてこの美貌の若者の名を知った。

――この人には生きてゆくことに巨《おお》きな意欲がある。

このことは貴門に生まれ育った南芷に多少新鮮なおどろきをあたえた。

南芷は楚の貴族の荘辛《そうしん》の娘である。いや、そう信じて生きてきたが、南芷は十歳をすぎてから、そのことに疑いをもつようになった。自分が姉妹兄弟に肖《に》ていないこともあり、自分を産んでくれた母の顔を知らず、自分にたいする父の態度によそよそしさがある。

——この人は、ほんとうに自分の父であろうか。

と、問う目で、父をみるようになった。そういう疑惑が、南芷の孤独感をいっそう強め、家にいることに苦痛をおぼえるようになった。身分はちがうが、それは呂不韋の境遇と心情に似かよっている。

荘辛家にはすくなからぬ食客がいて、かれらは他国の情報を蒐集しては、荘辛に報告した。それらの情報を分析した荘辛は、戦勝に浮かれている頃襄《けいじょう》王と側近たちの驕色《きょうしょく》をみるにつけても、

——楚は危うい。

と、深刻に愁え、楚のすすむべき道をかれなりに模索した。その模索する手がとどかないのが斉なのである。ある食客は、

——もしかすると、斉王室は再興するかもしれません。

と、いう。かねて楚と斉は戦争と和親とをくりかえしてきた。が、いまや楚にとって最大の敵は秦《しん》であることがあきらかである以上、楚は趙《ちょう》のほかにもう一国とむすんでおきたい。魏《ぎ》がよいのはわかっているが、魏は秦の盟下にある。そうなると、

楚がのばした手をにぎりかえしてくれそうなのは、斉しかない。

「斉王室の実情をつかみたい」

と、荘辛は食客たちにいった。

「莒に籠城している斉王は、父の湣《びん》王を楚の淖歯《どうし》に殺されましたので、楚を怨み、楚人《そひと》を嫌っております。莒にはいるのもむずかしいのに、斉王に近づくのは、さらにむずかしい」

食客たちは口をそろえていった。

このときたまたま陳の大賈《たいこ》である西忠《せいちゅう》の番頭というべき潘乍《はんさ》が伺候にきた。荘辛には知謀がある。潘乍と語るあいだに、西忠が斉の賈人ととりひきがあることを知り、そのつながりを利用することをおもいついた。しかも、

——偵諜《ていちょう》は男だけとはかぎらぬ。

という奇道に思考をおよぼして、荘辛は、

「楚のためである。やがて、斉のためにもなる。力を貸してもらいたい」

と、潘乍にたのんだ。潘乍は承知しながらも、

「これはうわさですが、斉王の妃はたいそう賢明なかたのようです。その眼力に負

けるような婦女では、おてつだいをしてもむだになるどころか、斉の賈人に迷惑をかけます」

と、はっきりいった。

——もっともなことだ。

そうおもった荘辛は人選にかかったが、侍女のなかにはふさわしい者がいない。おもいあぐねていると、娘の南芷が目にはいった。なんと南芷のほうから、

「侍女から話をききました。斉へは、わたしにゆかせてください」

と、いってきた。

——ならぬ。

と、いいかけた荘辛はことばをとめた。今後の楚のことを考えると、楚にいるより斉にいるほうが安全かもしれないという予感に打たれたからである。

「陰《かげ》の配下を付ける。危険だとおもえば、ためらわず逃げよ」

そういって荘辛は南芷を送りだした。南芷が潘乍にともなわれて西家にはいったのは、呂不韋が陳にくるよりはやい。

——わたしはどこからきて、どこへゆくのか。

出生に疑問の目をむけている南芷は、生きるということに格別な意味をみいだせ

ずにいる。斉で死ぬなら、それもよい、とおもっているのは、なかば自分を棄てていることである。要するに南芷は、かつて自分はたれからも愛されたことがないとおもいこんでおり、それはとりもなおさず、たれも愛したことがないということに気づかない淋しさにいるということである。が、目のまえの呂不韋は、わずかながらも、南芷の感情の温度をあげた。

——わたしは自分を愛することさえ、忘れていたのか。

「呂氏のことばは、忘れません」

「ふたたびお目にかかる日を楽しみにしております」

「ふたたび……、そんな日が、ありますか」

「あるとおもえば、ある。ないとおもえば、ない。人とは、そういうものです」

南芷は目を見張った。しばらく呂不韋を直視していたが、急にまぶたを伏せ、小さな吐息とともに去った。

「不韋や、倓慶先生を呼んできてくれ」

唐挙の声をきいて呂不韋は趨《はし》った。倓慶はいびきをかいて寝ていたが、すぐに起きて、唐挙のいる部屋に行った。

「不韋は、もうやすみなさい」

　そういって呂不韋を退室させた唐挙は、また庭に目をやって、

「先生は南芷をどうみましたか」

　と、きいた。

「絶世の美女だな。もっともわしには女運《おんな》がないので、ろくな女をみてこなかったが……」

「美とは、そもそも妖です。妖は人を魅了する。が、妖は謦欬《けいき》するときがくる。すると人は離れる。一方、人は徳に慕い寄る。女の徳を淑徳という。南芷はふしぎな人で、あるとき妖が徳に転化する」

「ほう――」

「南芷は自分の遠い将来のことをきかなかった」

「かわった女だな」

「わたしにはありありとみえましたよ。南芷は王后になる。どうです、倓慶先生、いまこの家に未来の宰相と王后がいる。ここは、王宮ですな」

　あきれたように口をひらいた倓慶は、すぐに苦笑し、

「おもしろい旅になった」

　と、いい、腰をあげた。ねむそうである。

翌日、西忠の親戚と知人を相《み》た唐挙は、さらに一泊して西家での滞在をおえると、大梁《たいりょう》にむかった。

活人剣

一

気候は夏にむかいつつある。

このころ楚《そ》の西辺は秦《しん》の大軍の侵入をゆるし、それがきっかけとなって楚の敗色が東へ東へとひろがることになるのであるが、楚の北辺から国境を越えて魏《ぎ》にはいれば、さらに平穏であった。

馬車の荷がひとつふえている。

黄金である。大金をおさめたふたつの匱《はこ》がひとつずつ馬車にすえられている。

――すくなくとも百金はあろう。

と、呂不韋《りょふい》にはおもわれた。百二十金あれば、およそ三十キログラムの黄金ということになる。するとふたつの匱にはそれぞれ十五キログラムの黄金がはいっていることになる。

唐挙《とうきょ》は、たった十日あまりの滞在で、人が一生をついやしてもかせげない金を獲得したわけである。

小環《しょうかん》はそれを羨《うらや》んだのか、

「女の人相見はいるのかしら」

と、いいだした。小環はようやく疲れがとれたようで、顔色がもちなおした。手綱をとっている呂不韋は、かるく笑った。

「小環のような美女の人相見があらわれれば、世間の評判になろう。先生に弟子いりしたらどうだ」

「先生は弟子をおとりにならないのかしら」

「そんなことはあるまい。これほど高名な人に弟子がいないはずがない。倓慶《たんけい》先生でも、弟子がいるのに、帯同なさらなかった。おふたりで気楽な旅をなさりたかったのだ」

と、呂不韋はいった。

二乗の馬車は北上をつづけ、啓封《けいほう》にはいった。

「明後日には大梁《たいりょう》にはいる」

と、倓慶は呂不韋におしえた。

「小環が人相見になりたいといっています」

「ほう、愉快なことをいう。小環は舞子《ぶし》であったのだろう」

「そうです」

「こっそりきくが、処女か」

「たぶん、そうです」

「はは、小環は処女だよ。呂氏のほかには肌をふれさせておらぬ」

「わたしは……」

呂不韋は顔を赧《あか》くした。

「わかっている。呂氏には、ほかに好きな女がいる。小環にとってそれが幸となるか不幸となるか。とにかく、小環はけがれていない。人を占う者は、けがれていてはだめだ」

「唐先生は、聖人なのですか」

「一種の聖人だな。人を相《み》るとき、私心をなくし、欲も棄てる。一瞬のうちに、相手の人生を生きる。苦難にも栄達にも遭《あ》い、凶と吉とを、その人にさきんじてかぶる。それだけに、占いをする者は、占いをおえたあとにも相手の凶に憑《の》られている危険がある。唐氏が名人であるのは、そういう邪気をきれいに祓《はら》い去ることができるからだろう」

「そういうものですか」

怖い話である。

考えてみれば、人が出会うことも、凶や吉を産む。相手の運気に凴られることもあろう。それゆえ強運をもたぬ者は、自分の幸運を待つよりも、強運の人をさがしあてて、その人に付いたほうが栄誉を得やすい。

「驥尾《きび》に附《ふ》す」

とは、それである。それが世知なのである。

が、呂不韋の性格からすれば、驥尾に附すのは好まない。自身が驥であるとはおもっていないものの、努力をつみかさねてゆけば驥に追いつくことができると信じている。

啓封の北には逢沢《ほうたく》という巨《おお》きな沢がある。その沢を北に渡ってゆけば大梁があるが、沢を渡れないので、沢のへりをめぐってゆく。

その路は、大梁と周《しゅう》の洛陽《らくよう》をむすぶ大道にぶつかる。そこに集落があり、四人は農家で一泊して、翌日、大梁にはいった。

郭門《かくもん》をすぎたところで馬車を停めた唐挙と倓慶がなにやら話しあっている。やがて呂不韋と小環が呼ばれた。

「これからのことだが、小環はわしがあずかろう」

と、唐挙がいった。

小環はすっかり唐挙になついている。

「不韋は、しばらく倓慶先生のもとにいるのがよいとおもうが、そのまえに、使いをしてもらいたい」

「はい」

「ここからまっすぐ東へゆくと、方与《ほうよ》という邑がある。そこに伯紲《はくせつ》という人がいる。その人にこの金をすべて渡してもらいたい。なにぶん大金なので、倓慶先生の門弟のひとりに同行してもらうことにした」

「わかりました」

不得要領ではあるが、呂不韋は唐挙の依頼を容《い》れた。方与という邑を知らなければ、伯紲という人も知らない。もっとわからないことは、これほどの大金を送りとどけるのに、唐挙が弟子をつかわずに呂不韋をつかうということである。

二乗の馬車が唐挙の家のまえで停まった。ひとりの壮年の男が家からあらわれて、馬車の荷を家のなかに運びはじめると、濃い紫の衣をまとった女があらわれ、衍《ゆた》かな笑みを唐挙にむけ、それから倓慶のほうに歩いてきて、

「わがままな人とご一緒で、さぞ気骨が折れたことでございましょう」

と、やはり笑みをみせた。

「わがままどうしで、大いに愉快な旅であった」

女は呂不韋に目をやり、

「そちらは――」

と、問うた。目礼した呂不韋がこたえるまえに、倓慶が、

「呂不韋といってな、韓人《かんひと》だ。あそこに立っている小環という娘と邯鄲《かんたん》へゆくのだが、しばらく大梁に住むことになった。小環を唐氏があずかり、わしが呂氏をあずかることになった。あの小環が美女だからといって、彭氏《ほうし》どの、嫉妬しないようにたのみますぞ」

と、親しさのあるいいかたをした。

「さあ、どうでしょう。わたしとしてはそちらの呂氏に滞在してもらいたい」

「そうはっきりご自分の嗜《この》みをいうものではありませんぞ」

倓慶は笑っている。

「性格ですから、いたしかたありません」

女は、ひとことでいえば、豊艶《ほうえん》な人である。が、話しかた、表情などから呂不韋が感じたことは、

——陰湿な人ではない。

ということである。けっして小環を虐待することはないであろう。この人が、唐挙の妻女なのか。なんとなく生活のにおいがしないところがいぶかしい。その彭氏がふたりに背をむけて小環に近づき、声をかけた。小環は人見知りの烈しい娘なので、固い表情で彭氏のいうことをきいていたが、やがてにっこりして、呂不韋のもとに趨《はし》ってきた。

「仲《ちゅう》さま、はやく帰ってきてくださいね」

それだけいうと、趨り去った。

「さあ、ゆくか」

倓慶はいちどふたつの匱に目をやった。郭門をすぎたところで、倓慶と小環がいれかわり、そのついでに倓慶は匱をかかえてきた。手綱はあいかわらず呂不韋がにぎっている。ゆっくり馬をすすめつつ、呂不韋は、

「彭氏は、唐先生のご妻女ですか」

と、ようやくきいた。

「そうみえたか」

「いえ、そうみえなかったので——」

「呂氏は目がよい。彭氏の出自はまったくわからない。ある日、突然、唐家にいた。それ以来、唐氏の妻のごとくいるが、唐氏は彭氏を指して、妻だ、といったことはいちどもない。むろん、実質は、妻だ。わしのみるところ、彭氏は、さまよえる魂だな」

と、倓慶は詩的ないいかたをした。

「あでやかさが生活になじんでいないからですか」

「おうっ、呂氏はうまいことをいう。彭氏には妖気がある。人を傷つけ、そのことで自分も傷つく妖気だ。彭氏の善良さはそれに悩み、自分をもてあました。たまりかねた彭氏は、唐氏に意見を求めにきた。そこで彭氏は蕩揺《とうよう》しつづける魂がしずまるのを感じたのだろう。唐氏の近くにいることに快適さを感じたといってもよい。彭氏は勇気があるから、係累《けいるい》を断ち切って、唐家にはいった。いわば俗界を棄てて聖人に仕えることにしたのだ」

「では、彭氏にとって、唐先生は神なのですね」

「それに近い」

人にはさまざまな生きかたがある。人の世に生まれたかぎり、人とつきあって生きてゆかねばならないが、彭氏のように俗間の空気が適《あ》わず、どこにいても胸を掻《か》きむしりたくなるような息苦しさをおぼえ、さまようちに、唐挙という個人がもっている清恬《せいてん》な空気にふれて、そこでしか安定した呼吸ができない人がいる。彭氏はすっぽりと唐挙のなかにはいりこんで、没我の人となり、唐挙を介して世間と接触するだけである。べつのみかたをすれば、彭氏にとって唐挙は神であり、宇宙であり、唐挙に囚われ、命令され、唐挙の意のままに動く自分にしか喜びをおぼえない。おそらく彭氏は自我を恐れつづける人である。自我は凶器になる、とおもいこんでいる人である。それほど彭氏は心優しい人でもあろう。

唐挙のすごさは、そういう稀有《けう》な一女人を救おうとしたことであり、彭氏を俗と聖の中間に立たせることのみが、救済をもたらすと看破して実行していることである。彭氏を妻にすれば、かえって彭氏を俗にもどし、その自我という妖しい棘《とげ》に、唐挙は刺される。そういうことではないか。

呂不韋は孫子《そんし》（荀子《じゅんし》）の思想にはなはだしく染められたが、その思想を押しつけることのできない人がいることを知ったといえる。

二

倓慶《たんけい》の家は中庭をもっていた。

その中庭が剣術の教場であり、むろんそこに屋根はない。

中庭の二方に長屋があり、十数人の弟子がそこに住んでいた。かれらはいわゆる内弟子である。弟子の多くは外からかよってくる。

犬俶《けんしゅく》という老人が家計をあずかっている。呂不韋《りょふい》はその老人に一瞥《いちべつ》されて、

——この人の剣術はたいしたことがあるまい。

と、直感した。体貌に鋭気がみえすぎるからである。眼光のするどさに特徴のある老人である。

ちなみに倓慶をみれば剣術の達人とはどういうものかわかる。平凡なのである。心身の力のかたよりをけっして他人《ひと》にさとらせないためにそうなるのであろう。そう考えれば、ぶきみな平凡、といいかえたほうがよいかもしれない。さらにいえば、その平凡が非凡にかわったとき、相手は斃《たお》れているのであるから、倓慶の非凡さはたれにもわからないものであるにちがいない。人には隠顕《いんけん》があるものなのに、剣術

の名人には永遠に顕がなく、隠のまま人の世を生きてゆく人なのではあるまいか。

倓慶の才能を真に認めた瞬間、その者は死ぬ。相手の才能を認めあうことのない世界がある。剣術とは、何という恐ろしい術か。

倓慶にはむろんそのことがわかっているので、呂不韋には、

「剣術に関心をもってはならぬよ」

と、いった。

それから犬傲には、

「あの童子は呂氏という。呂氏はわしの客だ」

と、いった。

「客ですと」

犬傲は目をむいた。もともと客とは、廟《びょう》に神霊が各《いた》ることをいう。うやまって迎えるべき人が客なのである。呂氏はまだ冠をつけていない童子であり、そんな幼弱な者を客として迎えた倓慶の気がしれない。

「貴門の庶子ですか」

呂不韋の美貌は犬傲にそうおもわせた。

「ちがう。呂氏は、陽翟《ようてき》の賈人《こじん》の子だ」

犬俶の目に侮蔑の色があからさまになった。

――賈人は獣に近い。

と、この老人はおもっている。たとえてみれば賈人は利にむらがる狼のようなもので、弱者を襲い、逡巡《しゅんじゅん》なく嚙み殺し、骨まで食いちぎる。道義にのっとって生きることをせず、非情であり狡猾《こうかつ》である。それゆえ賈人というのは、人の道を歩けぬものだ、と犬俶は考えている。

「賈人の子を客としてもてなすのは、ごめんですな」

と、犬俶は歯をむいた。

「そう吠えてもらっては、こまる。賈市《こし》から偉人はでている。太公望《たいこうぼう》や管仲《かんちゅう》がそれだ。むやみにさげすむものではない」

「太公望と管仲は、億万人にひとりの偉材です。あの童子はくらべものにならない」

「犬俶よ」

倓慶は老人の骨ばった肩に手をかけた。

「いま、なんじの剣でも、呂氏を一撃で倒せる。が、やがて、わしの剣でも、呂氏を倒せなくなり、一門が総がかりになっても、呂氏には勝てなくなる」

「まさか……」

「ふふ、人の世はおもしろいな。諸侯が北面して呂氏に仕えるときがくるとは」

犬俶の目が光った。

「唐《とう》先生が、呂氏を相《うらな》ったのですか」

「呂氏にはおしえてないことだ。他言無用だ。呂氏はいつか大国の宰相になる。それでも呂氏をたたきだすか」

と、倓慶は犬俶の耳もとでいった。犬俶は慍《むっ》と息をとめ、それから倓慶の手を払うようにからだを離して、倓慶を直視した。

「わたしは老年ゆえ、呂氏が宰相になるころには、死んでおりましょう。妻も子もおりませんから、呂氏がわたしに怨みを晴らそうとしても、影も形もない。したがいまして、あの童子を恐れる必要がない。うすぎたない賈人の根性を、びしびしと匡《ただ》してやります」

「こまった男だな」

倓慶は苦笑した。しかしすぐに笑いを斂《おさ》めて、

「わしは呂氏に剣術を教授しない。あの種の男は、剣術を知ると、かえって器量が

狭小《きょうしょう》になる。なんじに剣をもたせたことを悔いているよ」

と、冗談ともつかぬことをいった。

「わたしはもともと狷介《けんかい》です。剣をもとうが棄てようが、狷介に変わりはありません」

犬俶は横をむいていった。

——やれやれ、犬俶にとって賈人は仇敵《きゅうてき》そのものらしい。

倓慶がものごころがついたころ、犬俶は家中にいた。倓慶の父に仕えていたのだが、内弟子ではなく、僕夫のようであった。父は犬俶の正直さと恪励《かくれい》ぶりを愛して、家政をまかせるようになった。家は趙《ちょう》の武安《ぶあん》にあったが、あるとき、突然出国して、大梁《たいりょう》に居をかまえた。倓慶が幼少のころの移転で、その理由はわからず、父も犬俶もそれについて口をとざしていた。倓慶は母についての記憶があいまいである。はっきりしていることは、犬俶の妻に育てられたということである。成人になるころ倓慶は出遊し、天下をめぐった。帰ってくると、犬俶の妻は亡くなっていた。それから数年して父も逝去した。

——三十にして立つ、か。

倓慶は父のあとをついで剣術で一家を保つことにした。父は犬俶に剣術を教えなかったが、父が亡くなった直後、門弟の数が減ったこともあり、つい犬俶に剣術の手ほどきをした。そのことが犬俶の人格をそこなったとは倓慶はおもっていないが、

——よけいなことをした。

という淡い悔いがある。犬俶の頑固さが、剣術を知ってから、はなはだしくなったような気がする。剣術は自分を衛《まも》るために相手を倒すのであるから、形としては、人を拒絶するものである。が、その奥義は、いちど人を自分のなかに引きこみ、力量をはかってから、対することにある。しかしながら、犬俶はそういうことをしない。形に終始する。それではけっして剣術は上達しない、とくりかえしさとしても、犬俶は意に介さない。

犬俶にとって、人を容《い》れる容れないは、感情の目が決める。それゆえ、呂不韋がどれほど善良な童子でも、犬俶の目には賈人の子であるとしか映らず、その事実が憎悪の対象になるらしい。

——かつて犬俶は賈人に煮え湯を呑まされたことがあるようだ。

と、倓慶はおもったものの、あえて賈人を嫌うわけを問わなかった。

呂不韋は敏感な童子であるから、犬俶の悪感情をすでに察知しているであろう、とおもった倓慶は、呂不韋を客舎に一泊させ、早々に発《た》たせることにした。

夜、倓慶はものがたい門弟をひとりえらんで、

「わしの客である呂氏が、唐氏の代人として方与《ほうよ》へゆく。同行してくれ」

と、いった。匱《はこ》のなかみについてはおしえなかった。

翌朝、その門弟をしたがえて客舎に足をはこんだ倓慶は、

「旅の疲れがぬけきっていないのに、方与へ発ってもらわねばならぬ。ここにいるのはわしの弟子で、高睟《こうすい》という。道は高睟が知っている。ただし伯紲《はくせつ》という人物は、名を知っているだけで、会ったことはない。高睟もおなじだ。方与に着いたら、住所を訊《き》いてもらわねばならぬ」

と、いい、高睟を呂不韋にひきあわせた。

呂不韋の眉から淡愁《たんしゅう》がはがれた。

「高氏は、もしや、藺《りん》に居をかまえておられる、高告《こうこく》どののご子息ではありませんか」

この呂不韋の声が、またたくまに、この場になごやかさをつくった。

高睟の年齢は三十といったところである。

三

「親不孝をしておりますよ」

と、高睟《こうすい》は車中でいった。かれは二十五の歳に家をでた。父は高睟が官途に就くことを望んでいたようであるが、父の希望を容《い》れると、

――地方の小役人で一生を終える。

と、高睟は感じた。かといって高睟は自分に大才があるとうぬぼれていたわけではない。あえていえば、自分が何者であり、どの程度の才徳をもっているのかを知りたかった。地方の小役人にふさわしい小人《しょうじん》にすぎないとわかれば、自分の春秋にみきりをつけて帰国するつもりで、藺《りん》をでたのである。その年は、呂不韋《りょふい》が陽翟《ようてき》の実家から旅立った一年前にあたる。

学問をするために斉《せい》の臨淄《りんし》へ行った。

ところが半年後に臨淄は燕《えん》軍に陥落させられ、学者は戦火を避けて四散したため、高睟は殺伐とした空気のなかで方途をうしなった。とにかく斉をでた。あてのないまま歩いているうちに魏《ぎ》にはいったというほうが正確であろう。そのころ、高睟の

にしたせいである。

胸のなかに、

——学問が何の役に立つのか。

という疑問がたえず湧きあがっていた。文化大国である斉の崩壊をまのあたりにしたせいである。

高名な学者は斉王に優遇され、大臣にひとしい生活を送っていたのに、斉軍の大敗をきくや、臨淄から逃げだして行った。かれらはいったい門弟に何を教えていたのか。あるいは、斉王にいかなる助言を献じていたのか。武器をとって臨淄を守ろうとしたのは、諸家の門をくぐったことのない民であり、敗走する斉王にひとりの学者も随従しなかった。

——学問では、国も家も人も守れない。

ということは、あきらかであろう。

要するに、人の真価というのは、危殆《きたい》に瀕《ひん》して、逃げるか踏みとどまるかであり、逃げた学者に高睟は真実を認めなかった。

——では、自分はどうあるべきか。

と、みずからに問えば、答えに窮し、前途は空漠たるものである、というのが高睟の心裏の風景であった。そんなときに、道づれになった郷士から、倓慶《たんけい》の名をきかされたのである。かれはこういった。

「剣は人を殺す武器だが、その剣で人を活《い》かそうとしているのは、天下広しといえども、大梁《たいりょう》の倓先生のみだろう」

高睟にとって、それは天の声にきこえた。大梁にはいった高睟は迷わず倓慶の門をたたき、入門を乞うた。

木剣をもたされた高睟は、いきなり倓慶に立ち合うことになっておどろいた。高睟の目に倓慶は映らなかった。木剣はたたき落とされ、大きな力でふみつぶされたように、地を嚙んでいた。その高睟に、

「人とは、弱いものだ。それがわかれば入門をゆるすが、わからぬなら、他家の門をたたくがよい」

と、倓慶はいった。

なにごとをも真剣にうけとめようとする高睟は、土のついた顔をあげて、

「考えたくおもいます。わかるか、わからぬか、それがわかるまで、納屋でもお貸しください」

と、いって、長屋に泊まりこんだ。五日間、考えつづけた。むろん部屋に籠もりつづけたわけではなく、門弟の言動を耳目でたしかめつつ、中庭での鍛練のありさ

まをながめながら、考えていたのである。

ついに高睟は惔慶のもとにゆき、

「人は弱いから剣をもつのではなく、剣をもつがゆえに、弱さをます、ということでしょうか」

と、考えを述べた。惔慶は炯々《けいけい》たる眼光を高睟にむけ、

「すこしは理解したようだな。剣術使いは、剣をもたなければ、閂《かんぬき》ほどの役にも立たぬ。役立たずの自分でありつづけることに耐えられそうなら、入門をゆるそう」

と、ゆたかな声でいった。

以来、高睟は内弟子として惔慶に仕えている。高睟は趙人《ちょうひと》ということもあるのだろう、気むずかしい犬俶《けんしゅく》と馬が合うので、ここでの生活は快適である。

「藺が秦《しん》軍におとされたときいたので、よけいに帰れない」

高睟は秦の民にはなりたくないのである。

「高氏は藺相如《りんしょうじょ》さまと親戚の関係になるとききました。藺氏は趙王から重位《じゅうい》をあたえられたようですから、藺氏を頼って、邯鄲《かんたん》へゆかれたらどうですか」

と、呂不韋はいってみた。

「じつは、いちど両親から便りがあり、そのことを勧められた。娶嫁《しゅか》のことも書かれていた。が、なにぶん修行中の身だ。身のふりかたを考えるときではない」

と、高睟がいったのは、親の意見にさからったというより、自分が生きるということにおいては自分に責任があり、その責任を、たとえ両親にでも転嫁してはならないという、かれの真摯《しんし》さのあらわれであろう。ふつうであれば、親戚のなかから高位に升《のぼ》った者がでたら、わずかな血のつながりをたぐってでも攀附《はんぷ》しようとするのに、それをしないところに高睟の真価があるように呂不韋には感じられた。

——娶嫁か……。

もしかすると、高告《こうこく》が息子のためにえらんだ娘とは、僖福《きふく》ではあるまいか。呂不韋はふとそうおもったものの、高睟が便りをうけとったのはいつのことか、きくのをやめた。それを知ったところで、僖福の安否はわからない。

「わたしは邯鄲へゆくつもりです」

と、呂不韋はうちあけたが、藺邑陥落後の生活について多くは語らなかった。高睟にはかかわりのない話である。

大梁から方与《ほうよ》まで、馬車でおよそ十日かかる。東へ東へ、ほぼまっすぐにすすむのである。

「通ってきた外黄《がいこう》という邑から方与まで、むかしは宋国《そう》の領土でした」

と、高睟は呂不韋におしえた。むろん呂不韋は、魏と斉のあいだに宋という国があったことは知っている。商《しょう》（殷《いん》）王の末裔《まつえい》が治めてきたその名門の国が滅亡したのは、呂不韋が十三歳のころである。宋を滅ぼしたのは斉であり、宋国はそっくり斉の領土になっていたが、四年前に魏が燕や秦などと協力して斉を攻め、旧宋国を侵略し、自国の版図《はんと》にくわえた。したがっていま外黄も方与も魏の一邑である。

「ただし陶《とう》を秦が取りましたから、魏は用心する必要があります」

と、高睟がいったことは、魏人《ぎひと》であればみな知っていることである。陶は旧宋国の北辺の邑であり、済水《せいすい》のほとりにあり、古昔《こせき》から水上交通の要処である。秦の首都の咸陽《かんよう》から千五百里も離れている陶を秦はおさえ、さらにその邑を昭襄《しょうじょう》王が宰相の魏冄《ぎぜん》にあたえたのは昨年のことである。魏冄が陶侯ともよばれるわけはそこにある。すなわち魏冄は陶と穣《じょう》という二邑をもつ君主であり、しかも秦の宰相の職に就いて、昭襄王に仕えているのである。

　高睟は当然のことながら陶を通る道を避けて、方与にむかった。

　ときどき呂不韋はふたつの匱《はこ》に目をやった。が、高睟は匱のなかみを知らないせいで、まったくといってよいほど関心をしめさず、いちどだけ、

「匱のなかの金器は鼎《かなえ》ですか」

と、呂不韋にきいた。金器は黄金の器ということではなく、金属製の器という意味である。匱の大きさと重さから、なかにあるのは金属製の煮沸器であろうと高睟は想像したようである。匱は施錠されて苴布《しょふ》でくるまれている。ちょっとみただけでは旅行用の釜甑《ふそう》がなかにおさめられているとしかおもわれないであろう。

夏のさなかの旅行である。

早朝に草地を通ると白煙が立ち昇っていた。地の湿りが熱せられて天に昇る景色である。その煙が消えると、物の影は、陽炎《ようえん》のなかで揺れつづけた。

呂不韋は車中からそういう光景をながめながら、

――人も物も、これほど危うい形なのか。

と、感傷に染まった。自分が乗っている馬車も野末にくずれてゆく小さな影にすぎないであろう。

それでもこの馬車は、馬は斃《たお》れず車輪は欠けず、方与の邑に到着した。ほかの邑にくらべて門のあたりに兵が多いのは、国境の邑だからであろう。

さっそく高睟は門衛に伯紲《はくせつ》の住所をきいた。

「ああ、慈光苑《じこうえん》のことか」

と、門衛はうなずき、東南方の丘陵をゆびさした。方与の北をながれる川が、魯《ろ》を水源とする泗水《しすい》とまじわるあたりに低い丘陵があり、伯紲はそこを開墾しているらしい。しばらく門衛と話をして馬車にもどってきた高睟は、

「伯紲は聖人らしい」

と、いった。伯紲は孤児や寡婦など独りでは生きてゆけない人々をひきうけて養っているようである。戦争はおびただしい孤児と寡婦を産んでいる。ひとりの兵士が戦場で斃れることは、かれの妻子が路傍で飢え死ぬことにつながる。旅行中に多くのゆきだおれの屍体をみた孟子《もうし》は、

「野《や》に餓莩《がひょう》あり」

と、面会した王にいい、戦争の愚劣さと国の無責任さを訴えたことがある。そこまで戦時下の民にあわれみのまなざしをなげかけたのは、百家といわれる思想家のなかで孟子ただひとりであったといえる。

その孟子が亡くなって九年がたったというのが、この年なのである。野の上空に浮かぶ鴉陣《あじん》のしたに屍体があるのは、孟子が生きていたころとさほど変わりがないであろう。

「そういう人なのですか」

呂不韋は感動した。伯紲の済民《さいみん》思想にも打たれたが、唐挙《とうきょ》の無欲にあらためて感動したというほうが正しいであろう。

――唐先生は見料《けんりょう》をはじめから伯紲に寄付するつもりであったのだ。

呂不韋の心は晴れあがった。

実際、空は晴れていた。車蓋《しゃがい》の翳《かげ》からでた手が汗で光っている。その手が風のすずしさを感じるころ、丘にひろがる畑がみえてきた。

「あれが慈光苑だろう」

馬車はゆるいのぼり坂にさしかかった。

畦道《けいどう》にちらほら人がみえる。

丘の上に牆壁《しょうへき》がある。そのなかに家屋があるのだろう。馬車は斜光の路をのぼりきった。農作業を終えたばかりの小柄な老人が、四、五人の男女と話をしていた。

老人は粗衣を着ているが、風貌に気高さがある。

――伯紲にちがいない。

と、おもった呂不韋は、いそいで馬車をおりて老人に会釈をした。が、この人物は伯紲ではなく、呂不韋を仰天させるような貴人であった。

慈光苑《じこうえん》

一

「わしは伯紲《はくせつ》ではないが……」

と、いった老人は、呂不韋《りょふい》ほどの身長をもっていない。しかしながら、その風貌には気高さと威があり、全体としてけっして小さいという感じではない。

呂不韋は軽く頭をさげた。

「失礼いたしました。どちらへゆけば、伯紲さまにお会いできますか」

「伯紲どのは外出している。あなたは――」

「申しおくれました。わたしは呂不韋と申し、大梁《たいりょう》に住む唐挙《とうきょ》の使いの者です」

唐挙の名をきいた老人は、わずかに眉を動かした。

「あの唐先生かね」

あの、というのは、あの有名な人相見の、ということであろう。どこに行っても、唐挙の名は通りがよい。

「はい」

「そうか」

と、いいながら、老人は腰の帨《ぜい》をとって、手をぬぐったあと、

「伯紲どのはおらぬが、黄外《こうがい》という者がいる。門内を左にまわって――」

と、説明しかけたものの、ことばを切って、うしろをむき、手まねきをした。鋤《すき》をもった若者がゆっくりと坂道をのぼってくる。老人の手まねきをみて、その若者は趨《はし》ってきた。

「鋗《けん》や、おふたりを黄外のもとに導いてあげなさい」

「かしこまりました」

そうこたえた鋗という名の若者は、近くの者に鋤をあずけ、どうぞこちらです、といって歩きはじめた。呂不韋と高睟《こうすい》は馬車に乗ったまま門を通り、慈光苑《じこうえん》のなかをすすんだ。

身長より高い牆壁《しょうへき》にそってすすんでいる。牆壁の翳《かげ》が長い。その翳のなかで三人は無言であった。じつは呂不韋の胸中に疑問が生じていた。

銷が坂道を趨ってきた身のこなしと老人にたいするうけこたえに、ただならぬ敏活さを感じた。剣術を修行している高睟も、にたような疑問をいだいたのではあるまいか。

高睟は車中から、路上を歩く銷を凝視している。

呂不韋は銷を見るのをやめて、牆壁をながめた。

——ここは、集落というより、鄙《ひ》だな。

と、おもった。小邑《しょうゆう》といってもよい。牆壁があるのは当然外敵の侵入をふせぐためであるが、川のむこうが斉《せい》の国であるという国境にあるので、このあたりは戦場になりやすく、慈光苑の人々は自衛の意識が旺盛なのであろう。

——国を信頼していないあらわれでもあろう。

と、呂不韋は痛感した。

やがて瓦《かわら》をのせた屋根がみえた。瓦屋根は貴族の家にみうけられるもので、侈傲《しごう》の象徴でもあるのだが、ここにあるのはいたってじみなものである。家は望楼をそなえているものの、その望楼は風流からかけはなれている。防衛に必要な建物といってよく、ふだんは苑内にいる人々に告知するときに、そこで旗をあげたり絵の画《か》かれた板をさげるのではないか。

ほかの家は瓦葺《かわらぶ》きではないが、牆壁に近い家は草葺きではない。火器で焼かれることをふせぐため、土が屋根にぬられている。

銷は瓦屋根の家のまえで足をとめた。

「ここです。黄外どのに報《しら》せてきます」

銷が家のなかに消えると、呂不韋は高晫と目をあわせた。

「ただものではありませんね」

と、すかさず呂不韋はいった。

「ふむ、呂氏はよくみた。あの男は農人ではあるまい。かといって、武人かどうか……。えたいのしれぬ男だ」

高晫は想像のなかで銷を斬ろうとしたが、そのつど銷は身をひるがえして、剣刃のおよばぬところに立った。高晫は剣術の初心者ではない。夙夜《しゅくや》、剣術のなかに肉体が罄竭《けいけつ》するほど鍛練をつづけてきた男である。その高晫の目がすきをみつけることのできない銷という若者が尋常な者であるはずがない。

「あの老人も、そうですね」

「わたしもあの老人が伯紲であるとおもった。考えてみれば、呂氏よ、ふたりとも伯紲の顔を知らぬ。顔のわからぬ相手に贈り物をするのか」

「あっ、そういうことになります」

おもわず呂不韋は笑った。

「笑いごとではないぞ。おかしいとはおもわぬか。唐先生には門弟がいる。その門弟であれば、伯紲の顔を知っているのに、門弟でもない呂氏を代人としてここによこした唐先生の狙いは何なのか」

高睟の思考は精正《せいせい》である。

「狙い、ですか」

呂不韋は虚を衝《つ》かれた感じになった。陳《ちん》で得た金を自家に納《い》れ、門弟にさわらせれば、強欲で不浄になるので、唐挙は家人ではない呂不韋をつかって金を慈善にまわした。それだけのことだと呂不韋は考えていた。ところが高睟の考えるところでは、唐挙にはおもわくがあるということになる。

——どのようなおもわくなのか。

唐挙のような、未来を見通す人の思考をさきまわりしてとらえることは不可能である。呂不韋はゆるやかに首をふった。わからぬ、ということである。

「こまったことだな」

高睟が眉をひそめたとき、鋗が家のなかからでてきた。

「どうぞ、おはいりください。馬車はわたしが廐舎《きゅうしゃ》にいれておきます」

そういった銅は車中の匱《はこ》などをさっさと家のなかにはこんだ。土間の多い家である。奥に高床がみえた。そこにひとりの女がすわっていた。髪の美しさが幽《くら》さのなかでもわかった。短衣を着ているが、貧弱な感じがしないのは、顔つきに卑しさがないせいであろう。瘦身にみえるからだつきは、ひきしまった肢体といいかえたほうがよく、帯からしたのまるみがくっきりとあらわれて、奇妙ななまめかしさとして呂不韋の目に映った。

「おあがりください。まもなく黄外がまいります」

呂不韋と高睟は匱をもって女のうしろを歩き、広い部屋にはいった。

ゆたかな緑に面した部屋である。

機織《はたお》りの音が微《かす》かにきこえた。

女が去っても、ふたりは落ち着かない。この苑にはえたいのしれぬ人が多すぎる。

「あの人は、黄外という人の妻女でしょうか」

「いや、口ぶりからすると、黄外の上に立つ人だ。伯紲の妻女かもしれぬ」

と、高睟はいった。

女はまだ三十歳になってはおらぬであろう。呂不韋の想像のなかでは伯紲は唐挙の年齢にひとしく、老人である。女は老人の妻にしては若すぎるであろう。が、伯紲をみないで、想像するのであるから、その正否はさだまりようがない。

やがて奥から足音がした。ほとんど同時に、土間にも足音がした。

奥からあらわれたのは壮年の男で、腮《あご》のゆたかさが特徴である。この男が土間に人影を認めると、

「あ、公《きみ》も――」

と、いい、目礼して老人の入室を迎えた。老人は軽く手をあげ、

「大梁の唐先生が伯紲どのに使いをよこされた。使いのおもむきが何であるのか、知りたくなった」

と、やわらかい声でいい、すわった。壮年の男は呂不韋の正面にすわり、

「わたしが黄外です。苑主の伯紲は外出しており、わたしがここをあずかっています。唐先生は往時ここに立ち寄られたことがありますが、今回、お使いのかたをさしむけられたのは、いかなるご趣旨からでしょうか」

と、明快にいった。明るくて大きな声である。呂不韋は目のまえの男に好感をいだいた。こういう話しかたをする男に陰黠《いんかつ》さが宿っているはずがない。

呂不韋は黄外のまえにふたつの匱をすすめた。

「呂不韋と申します。唐挙よりいいつけられたことは、これを伯紲さまに進呈せよ、ということでした」

「そうですか。なかを拝見してよろしいですか」

「それが……」

と、呂不韋は匱に手をかけた。

「使いを厳正にはたそうとすると、これらの匱を進呈するのは、伯紲さまへ、であって、黄外どのへ、ではない。ただしわたしとうしろにいる高睟は、ともに伯紲さまを存じあげておりません。したがいまして、どなたか、伯紲と名告《なの》るかたに進呈したく存じます」

「はは、呂氏はおもしろいことをいう」

突然、老人が笑いはじめた。つられて黄外が苦笑した。

「では、わしが伯紲であると名告っておこう。呂氏に異存はあるかな」

「ございません」

呂不韋はふたつの匱を老人のほうにむけ、錠をはずした。黄外が蓋《ふた》をあけた。

「あ――」

おどろきの目を老人にむけた。老人は匱のなかをのぞき、手をいれた。その手は、黄金ではなく牘《とく》をつかみあげた。泥で封がされている。泥は乾いているので割りやすい。老人は牘を目に近づけた。

二

牘《とく》にはそう書かれていた。

「呂氏亢龍有悔《りょしこうりょうゆうかい》」

亢は、のど、のことであるが、高、にも通じ、この場合、のぼる、ということである。悔は、くやむことである。すなわち、亢龍有悔は、亢《のぼ》る龍に悔やみが有る、と読むことができる。

じつはこの語句は、占いの書である『易《えき》』のなかにあり、亢龍は権力者を暗示しており、天にのぼりつめた龍は行きづまってしまい、災いがある、と解される。

牘に目を落としていた老人は、急に微笑で飾った目を呂不韋《りょふい》にむけて、

「匱《はこ》のなかの物はありがたく納めさせてもらう。わしはにせ物の伯紲《はくせつ》であるから、本物の伯紲どのがもどったら、退去する。ところで、わしの住まいは、ここから百五十里ほど東にある。歩いても五日で着ける近さにある。呂氏だけではなく、そこ

の高氏《こう》も、よかったらわしの住まいをのぞいてゆかぬかな」

と、いった。高睟《こうすい》は速答をためらったが、呂不韋はよどみなく、

「随行させてください」

と、こたえた。そのとき部屋にふたりがはいってきた。ひとりは最初の応接者であった女であり、ほかのひとりは高睟とおなじ年格好の男である。

「父上――」

と、女はいった。そのいいかたに微妙なふくみがあった。老人は目でうなずき、

「これは大梁《たいりょう》の唐《とう》先生からの聘物《へいぶつ》だ。使いのかたは、こちらが呂氏、そちらが高氏で、おふたりをわが家に招待することにした」

と、いいながら、牘を懐におさめた。女は黄金をみて軽いおどろきをしめし、

「伯紲の奥を賄《まかな》っている季伃《きよ》と申します。横におりますのが、兄の叔佐《しゅくさ》です。唐先生の御厚情をつつしんで納めさせていただきます」

と、急に体貌にやわらかさをみせていった。

高睟はかすかに咳《せき》ばらいをした。

女が伯紲の妻であると推量したのは高睟である。

「わたしのいった通りであろう」

と、呂不韋に語りかけるかわりに、咳ばらいをしたのである。

「さて、黄外《こうがい》よ、伯紲どのがお帰りになるまで、このふたりをよろしくたのむ」

老人は腰をあげた。季伃と叔佐は老人とともに退室した。ふたつの匱を奥にはこんだ黄外は、ふたりを母家のなかの一室に通した。そこで黄外は、

「ご存じでしょうが、この苑では、身よりのない者が集まって生活しています。自給自足をこころがけてはおりますが、不作の年がつづくと、運営に支障が生じます。苑主は寄付をつのるために、貴門をめぐっております。こういうときに大金をお贈りくださって、まことにかたじけなくおもいます」

と、しみじみいった。

「大金――」

高睟はおどろきをしめした。ついにかれは匱のなかみをみなかったのである。黄外はふしぎそうに高睟をながめて、

「そうです。唐先生は百余金をお贈りくださったのです」

と、いい、まさかお使いのかたがご存じないはずはないのでは、といぶかる色を目にだした。

「知らなかった。呂氏は知っていたのか」

「黄金がはいっているだろうとおもっていましたが、匱のなかをのぞきみたことはありません。一金でも百金でも、それを慈光苑《じこうえん》に贈るという唐先生の善意の厚みにかわりはなく、それをぶじにとどけたわれわれの使いの内容は、金の多少に左右されるものでもありますまい」

「よくぞ申された」

黄外は呂不韋の精神に吹く風のさわやかさにふれた。

慍《むっ》と高晬はだまりこんだ。

あれほど親しげに口をきいていた呂不韋が、匱のなかに黄金がはいっていることをうちあけてくれなかったことに、高晬は腹立たしさをおぼえた。肝心なことに口をとざしている男を友とすることはできない。

夜、高晬は不機嫌に、

「わたしは老人の家へはゆかぬ。明朝、大梁へ帰る」

と、いって、黎明《れいめい》に馬車に乗って慈光苑を去った。とりのこされた呂不韋のもとにやってきた黄外は、事情をきいてから、

「高氏は大事をまかせられぬ人だ」

と、うってかわってきびしい顔つきでいった。主人に使いをたのまれた者は、そ

の使いの内容を父母妻子にさえ漏らしてはならない。まして友人知人にうちあけてはならない。寄り道などはせず、まっすぐに往《ゆ》き、まっすぐに復《かえ》らなくてはならない。

「老人の家へゆくのは、寄り道になります」

と、呂不韋は自嘲ぎみにいった。

「そうかな。唐先生ほどの人だ。呂氏がここでたれに遭《あ》うのか、見通していたかもしれない」

「ところで、黄氏、あの老人はどなたですか。黄氏は昨日あの老人を、公《きみ》、と呼ばれた」

黄外が急に表情をくずした。

「はは、耳にとどきましたか。あのかたの末女が伯紲さまに嫁《か》したので、この慈光苑のことを気にかけておられ、運営が苦しいときいて、一昨日、来訪なさったのです」

「どこかの国の貴族ですね」

「呂氏は公に招待されたのです。ゆけば、わかります」

黄外は軽く遁辞《とんじ》をかまえた。

この日から五日間、呂不韋は田圃《でんぽ》にでて、雑草とりをおこなった。そのあいだにわかったことは、黄外は農家《のうか》（農学者）で、この苑ばかりでなく近隣の鄙《むら》にでかけて行って、農業指導をおこなっているということである。

五日間、呂不韋は黄外の近くにいたので、農業についていろいろ教えられた。

「ここは泗水《しすい》の氾濫《はんらん》があるので、丘陵に田圃をつくるしかない」

と、いった黄外は等高線栽培の効率のよさを説明した。田圃に水は不可欠であり、丘陵の上に溜めた水を下に送ってゆく場合、田圃の面を等しい高さでそろえておかないと、すべての田圃がうるおうということにならない。水は天水をつかうが、不足を井戸の水でおぎなう。

「耕す、ということも、むずかしいことです」

と、黄外はいう。早く耕すと、地面がやわらかくなるどころか、かえってかたくなってしまう。そうなるともはや鍬钁《しょうかく》をいれることができない土地になって、田圃としては悪質になる。

「それを敗田《はいでん》というのです」

耕すときをあやまると土地を殺してしまう。生きているのは人ばかりではない。土地も生きている。それを活用するには時宜《じぎ》を知らねばならない。

ある。

「おどろきました」

呂不韋は素直にいった。農穡《のうしょく》がこれほどむずかしいものであるとはおもってもみなかった。たとえば麦と豆とでは水を吸う量がちがう。それらをどう配してゆくか、などということは考えたこともない。いままで漫然と田圃をながめてきたのである。

人の食は農産物を主としている。ということは農人の苦労の上に人のいとなみがあるわけで、それはわかっているようで、もっともわかりにくいことであったといえる。

人が生きてゆくということは、無知な自分を発見しつづける旅であるようだ。呂不韋はものいわぬ田圃にむかって厳粛なきもちをむけた。そのとき、

——高睟どのは、人生において、ひとつ大きな損をしたのではないか。

と、おもった。剣術の修行中の高睟にとって農業の実態を知ることは何の益にもならぬといえなくはないが、人の生命をささえている根元的なありようを知ることは、人の内側のかまえをつくることになるのではないか。高睟と呂不韋とは志《こころざし》の置きどころがちがうので、いちがいにはいえないが、呂不韋は慈光苑でたいせつなものをみたような気がした。

四日目に呂不韋は黄外にしたがって、慈光苑をひとめぐりした。

自給自足は食に関してのみではなく、女たちは製糸、織布、縫製に従事して、慈光苑に住む人々の衣をまかなっている。

「ここには何人いるのですか」

「老若男女、すべてで六百人はいます」

が、老人と幼児は生産のための労働はできないので、実際に働いている人々は四百五十人ほどである。

ふたりは桑田《そうでん》にさしかかった。

中国で養蚕《ようさん》が最初にさかんになったのは済水《せいすい》流域であったとおもわれる。当然、そのあたりで絹織物がつくられた。養蚕と絹糸の生産の地域は拡大したものの、春秋時代では、衛《えい》と宋《そう》の二国がその中心であった。衛の大半と宋は、呂不韋が方与《ほうよ》の近くにいるこの時点では、魏《ぎ》の版図《はんと》にかわっているので、絹の生産は魏がにぎっているといえる。

ついでにいえば、はるかのちに漢《かん》の功臣となった灌嬰《かんえい》は、劉邦《りゅうほう》に従うまえは、旧宋国の首都であった睢陽《すいよう》の絹商人であったし、劉邦の死後に横暴なふるまいのあった呂《りょ》氏一族を滅ぼした周勃《しゅうぼつ》は、むかし沛《はい》の地で薄曲《はくきょく》を織ることをなりわいにしていた。薄曲は、蚕をおくすのこである。沛は方与の東南方にある邑である。それゆえ魏の西部に住む人々は、絹になれ親しんできており、慈光苑でも絹糸と絹布とをつくっている。これらは苑の外にだして換金するのである。

桑田の端に小さな影がある。ひとりの童子がうずくまっていた。

「どうしたのか」

黄外は趨《はし》ってゆき、声をかけた。童子はわずかに顔をあげて、腹痛を訴えた。その顔をみた呂不韋は、あっ、とおどろき、

「雉《ち》ではないか」

と、しゃがんでいった。ふたたび顔をあげた童子は、

「仲《ちゅう》さま——」

と、いったとたん、泣きじゃくった。

三

雉《ち》は腐った水を飲んだらしい。

かれは粗食で育ってきたせいで、どんな物を食べても腹痛などをおぼえたことが

ない。ところがこの暑さである。桑田《そうでん》近くの溜め池の水を飲んだところ、腹中に激痛が走った。

呂不韋《りょふい》に背負われて舎《いえ》のなかにはいった雉は、顔をゆがめ、汗をしたたらせた。

やがて黄外《こうがい》がもってきた薬を飲むと、蒼白な顔に血の気が差した。

「どうだ、気分は」

そうきかれた雉はなんどもうなずいた。うなずきがくりかえされるたびに、眉宇《びう》に明るさがました。

「雉はわたしの従者です」

と、呂不韋は黄外にいい、楚《そ》の戦場で別れざるをえなくなったわけを話した。

「そうでしたか。雉は邯鄲《かんたん》にゆこうとしていたのですね。行き倒れの雉を発見したのはわたしではありませんが、苑にはこびこまれた雉は餓死寸前でした」

あの戦場から慈光苑《じこうえん》の近くまでは千六百里はあろう。ふつうに歩いても五十日はかかる。雉はその行程を飲まず食わずですすんだのか。

――雉もわたしも死なずにここにいる。

呂不韋はあらためて奇異な感じに打たれた。たがいに生命力が強い、と笑いあいたいところであるが、そういえるほど呂不韋は自分の運命に自信をもっているわけではない。現に雉も自分も死に瀕《ひん》し、あわやのところを他人に助けられている。助けられるようになっていたとおもうのは傲慢というものであろう。たまたま助けられたのであり、助けられたことに感謝し、その念をつぎに活《い》かしてゆくのが人の道というものではあるまいか。

「ご老人の家へゆくとき、雉をつれてゆきますが、ご迷惑になりますまいか」

「かまわないとおもいますよ」

と、黄外は軽く笑った。

この夜、呂不韋は雉を看護した。

ふたりが離れるきっかけになったのは、呂不韋が水を欲し、雉が小川か泉をさがしに行ったことである。雉はずいぶん遠くまで水を求めに行った。水を発見したとき、あたりは戦場になっていたと雉はいう。

「雉よ、たがいに水には気をつけよう」

呂不韋がそういうと、雉は腹をさすって、弱い笑いを目もとに浮かべた。翌日、雉がけだるそうに起きたのは空腹であったせいで、粥《かゆ》を食べると、元気を回復した。

そんな雉に、

「今日一日は、用心して、堅い物を食べてはいけない」

と、さとした。

「邯鄲へゆくのですか」

「すぐにゆきたいところだが、それができないわけがある」

そのわけを呂不韋が話しているところに、黄外がきた。伯紲《はくせつ》が帰還したという。

「苑主は唐《とう》先生のお使いのかたに、謝辞を呈したいと申しています」

と、黄外はいった。

――伯紲とは、どのような人か。

呂不韋には大いに興味がある。寡婦や孤児などを救い、養い守ってゆくなどという、およそいかなる利益にもむすびつかないような事業をつづけている人物が伯紲なのである。ものごとを商校し、利益の有無や多寡《たか》を計算してからでないと動かぬ賈人《こじん》とは対極にいる人である。

黄外のうしろを呂不韋が歩きはじめると、そのうしろを雉が歩いた。母家にはいって雉が土間にひかえ、黄外と呂不韋は高床にあがった。歓語が呂不韋の耳にとどいた。四、五人が話しあっているようである。あの老人と叔佐《しゅくさ》と季伃《きよ》の兄妹の声のほかに、きいたことのない声がある。多少陰気だが落ち着きのある声である。その声の主が伯紲であろうと呂不韋は予想した。

部屋にはいるまえに黄外は、

「呂氏をおつれしました」

と、ことわった。歓語が熄《や》んだ。

「どうぞ、こちらへ」

そういったのが伯紲であり、呂不韋の予想はあたった。ただし陰気な人ではなかった。容貌に光があると呂不韋は感じた。それに、

——伯紲とは老人であろう。

という予想もくつがえされた。年齢は五十代の後半であろう。とにかく澄明なものを感じさせる人物で、卑屈な翳《かげ》りがいっさいない。

「大梁《たいりょう》の唐挙《とうきょ》のもとからまいりました呂不韋です」

「伯紲です。唐先生のご厚情をありがたく納めさせてもらいました」

「大梁にもどりましたら、かならず唐挙につたえます」

「だが、呂氏は公《きみ》に同行なさるとききました。それゆえ、苑の者を唐先生のもとへさしむけました。呂氏の帰りが遅れるわけを唐先生に告げておきましたので、安心して公の招待を受けられるとよい」

「ご配慮を感謝申し上げます」

「雉が呂氏の従者であったことをききました」

「救っていただき、かたじけなく存じます」

呂不韋は座をはずして拝手した。そういう挙措《きょそ》を目を細めて見ていた伯紲は、着座をうながしたあと、

「呂氏は賈人の子であるとききましたが、どうもそうはみえない。貴門の子であるようにみえる。呂氏がなぜ唐先生のもとにいるのか。さしつかえなければ話してくださらぬか」

と、いった。呂不韋は小さくうなずき、

「みなさまのお耳を穢《けが》すようなことですが……」

と、陽翟《ようてき》の実家をでて、和氏《かし》の璧《へき》を拾ったところから話を起こした。黄歇《こうけつ》や藺《りん》相如《しょうじょ》など、大物の名がでてきたので、伯紲をはじめ黄外まで顔つきを一変させた。

呂不韋が孫子《そんし》といったとき、伯紲は老人に目で問うた。

「荀況《じゅんきょう》のことでしょう」

と、老人はさりげなくこたえた。

謦言《けいげん》を待って伯紲は、

「波瀾万丈とはこのことだ。呂氏に胆知がそなわっていることも、これでわかった。

よくぞ話してくれました。わたしは唐先生のように人を占うことはできぬが、呂氏は人から生まれたというより、時代から生まれたように感じられる。この時代のすべてを吸収してゆくようにおもわれる。どうですか、公は」

と、老人のほうに顔をむけた。

「時代から生まれた天才は、時代とともに死ぬ。それはいたしかたない。かつてわしは白圭《はくけい》どのに問うたことがある。魏《ぎ》の文《ぶん》侯の名声は斉《せい》の桓《かん》を超えているのに、功績は五覇《は》におよんでいないのは、どうしたわけかと」

「ほう、それで、白圭どのは——」

「こういわれた。文侯は子夏《しか》を師とし、田子方《でんしほう》を友とし、段干木《だんかんぼく》を敬していた。それが名を桓公を超えさせた所以《ゆえん》である。ところが宰相を選ぶときに、成《せい》がよいか璜《こう》がよいかといった。これが功が五覇におよばない所以であると」

「なるほど、さすがに白圭どのだ。呂氏もよくきいておかれよ」

「浅学にて、趣旨がのみこめません。とくに成と璜とは、いかなる人であったのですか」

「成は魏の文侯の弟の季成《きせい》のことです。璜は文侯の友人の翟璜《てきこう》のことです。友人とはいえ、文侯の臣下です。すなわち文侯は国政をまかせる者を、身内や臣下から選ぼうとした。ところが桓公は、執政選びに範囲を設けず、ひろく天下に目をくばり、敵であった管仲《かんちゅう》を登用した。呂氏が仕えるとしたら、どちらの君主に仕えたいですか」

「桓公です」

呂不韋は迷わずに言った。奇妙なことであるが、急に世間の目というものがわかったような気がした。とくに為政者は個人がどれほどすぐれていても民の称賛を得られない。助力者を選ぶ、そこに民の判断が集中する。

——世間とは、そういうものか。

目が醒《さ》めたようなおもいである。

「嘉貺《かきょう》をたまわりました」

呂不韋は老人と伯紲とに頭をさげた。

「さて、呂氏よ、わしは明日の早朝に発《た》つ。鋗《けん》に御《ぎょ》をさせるので、呂氏は馬車に乗るだけでよい。ただし雉には歩いてもらわねばならぬ」

と、老人はいった。

「わかりました」

この夜、呂不韋は雉とともに母家近くの舎でねむった。ねむるまえ呂不韋は、

「伯紲についてきいたことはないか」

と、雉に問うた。

「苑の人々は、とても偉い人だといっていました」

「偉い人であることはわかっている。出身などは、わからないか」

「ぜんぜん――」

呂不韋は苦笑した。雉のような性質には気苦労が生じようもない。みかたによってはうらやむべき性質であるといえよう。

翌朝、呂不韋が目をひらいたとき、すでに雉は起きていた。

「どこにゆくのかな」

そういいながら雉はくりかえし跳びあがっている。その明るい跳躍をながめた呂不韋は、まさかこの招待が危難への招待に変わるとは、予想することができなかった。

薛《せつ》の邑

一

夏の陽射しのなかを五乗の馬車が東へすすんでいる。

そのなかの一乗に呂不韋《りょふい》がいる。

一乗の馬車に五人ほどの従者がいて、馬車の左右を歩いている。雉《ち》はつねに馬車の左を歩いた。馬車の左右を歩く者は、左に文官、右に武官というのがおよそのきまりである。兵車の場合は、左に工作兵などの非戦闘員が歩き、右に戦闘員が歩く。これは人の手が、右手が主で左手が従であることから、おのずとそうなったのであろう。

呂不韋の横で手綱をとっている若者は、鋗《けん》である。呂不韋より年上であるが、年齢にさほどのひらきはなさそうである。

銅の体貌から発散されるものは、戦場をはだしで歩いてきたような毅勇《きゆう》である。渾身《こんしん》に毅魄《きはく》がみなぎっているようで、呂不韋がかつて会った者にはこの種の人物はいなかった。が、呂不韋も生死の境を走りぬけてきた男である。肝は太くなっている。恐れ気もなく銅に声をかけた。

「ひとつ教えてくれまいか。伯紲《はくせつ》どのの前身を」

「知ってどうするのですか」

銅のこたえはぶっきらぼうである。この男は老人にたいするときのみ、つつしみをみせる。

「どうもしません。が、知りたいのです」

「知ったからといって何もしないのなら、知らなくてよい」

銅は横をむいている。

「銅どの、それはちがう」

「ちがいはせぬ」

「知りたいとおもい、知ろうとして、知る。それは、立ちたいとおもい、立とうとして、立つこととおなじで、人は立ってどうするのかと考えながら立つわけではない」

知るということも行為のひとつで、さしあたり目的をもたぬ行為もある。が、すわっていてはつぎにすすめぬように、知るということをふまえなければ、つぎの思考も行動もない。呂不韋がいったのはそのことである。

銷は黙ってしまった。

「緘口《かんこう》を命じられているのですか」

「いや……」

銷はわずかに唇を動かした。

——ははあ、そういうことか。

呂不韋は銷の感情の所在をさぐりあてた。銷としては、おもしろくないのであろう。自分より年下で、しかも賈人《こじん》の子が、仕えている主人の客として招待されることが、である。

「銷どのは、人に偏見をもっておられる。ところが偏見のかたまりを、常識というのです」

「よく喋《しゃべ》る男だな」

鼻のあたりに軽蔑の表情の色が浮きでた。

が、呂不韋はひるまず、

「王は貴く、賈人は卑しい。錒どのはそうおもっている。伯紲どのは、どの国の王より貴い心で民に接している。それを認めているようで認めていないのが錒どのです。残念なことです」

と、いった。錒は呂不韋を睨《にら》んだ。

「やかましい」

小さく怒鳴られた呂不韋は、すばやく立って、馬車を飛びおり、雉とならんで歩きはじめた。雉は問うような目つきで呂不韋をみた。

「歩きたくなっただけだ」

呂不韋は歯をみせた。その光景をみていた従者のひとりが、老人に報告したらしく、やがて老人の馬車が歩いている呂不韋に近づいた。

「錒が無礼を働いたようですな」

「いえ、歩いてみたくなっただけです。どうか錒どのをお叱りにならないでください」

「ふむ、だが、わしが招待した客人を歩かせるわけにはいかぬ。錒、おりよ」

と、老人はいい、歩いている従者のなかから年配の者をえらび、手綱をとらせた。

老人はその者を、

「段季《だんき》」

と、呼んだ。段が氏で、季はあざなである。錙はほおをふくらませて、叔佐《しゅくさ》の馬車のほうへ行った。老人は錙の後姿を目で追いながら、

「素直な男であるのに、今日は、虫のいどころが悪い」

と、錙をかばうようにいった。

「虫が龍に化さぬことを、いらだっているようにみえます」

「虫が虫のままで終わりたくないのはわかるが、龍に化すのは、時と所とを得なければならぬ。耐えるということが力をたくわえることであることがわかる者は寡《すく》ない」

老人は呂不韋が馬車に乗るのをみとどけて、御者《ぎょしゃ》に馬首を転じさせた。

段季は寡黙な男である。自分の感情の所在を相手にさとらせないように自分をしつけてきた男にちがいない。陰気な感じを相手にあたえるが、呂不韋の目には、その陰気の下におもいがけない活力がひそんでいるようにみえる。

とにかく老人の従者には個性の豊かな人が多い。呂不韋はそうみた。

慈光苑《じこうえん》をでて四日後にこの小集団はひとつの邑に到着した。

門衛は老人の馬車にむかって敬礼した。

「着きましたよ」

と、段季はすこし強い声でいった。

——活気のある邑だ。

呂不韋の肌がそう感じた。じつは呂不韋は東方の邑についてはくわしくない。この邑の名さえ知らない。郭門《かくもん》を通り、宮門に近づくあいだに、民家の込みぐあいをながめて、

——一万戸はありそうだ。

と、胸のなかでかぞえた。一戸を八人とすれば八万人がこの邑に住んでいることになる。宮門の門衛も老人に敬礼した。地方の邑にしては巨《おお》きい。宮門をすぎれば、なかの大半は邑主《ゆうしゅ》の住居である。

——あの老人はこの邑の主か。

呂不韋はひそかにおどろき、

「この邑は、何という邑ですか」

と、段季にきいた。段季がはじめて笑った。

「この邑を知らないのか」

「知りません」

「天下の者が知っている邑を、呂氏のみが知らぬ。なるほど呂氏は薛公《せっ》が招待するにあたいする」

「薛――」

呂不韋は雷にうたれたように呆然とした。

この時代、国には王国と侯国とがある。中山《ちゅうざん》と宋《そう》とが滅んでいるこの時点では、王国は八つしかない。周《しゅう》、秦《しん》、趙《ちょう》、韓《かん》、魏《ぎ》、楚《そ》、斉《せい》、燕《えん》がそれである。周王朝がひらかれた直後に建国されたとおもわれる衛《えい》や魯《ろ》などの名門の室《いえ》の主は、その国の規模が縮小しつづけたことにより、王を称《とな》えることができず、かれらが治める国はいぜんとして侯国である。新興の侯国もある。たとえば薛がそのひとつで、斉の王族のひとりである田嬰《でんえい》が封ぜられた地が薛なのである。田嬰は靖郭君《せいかくくん》とよばれたが薛公（薛侯）ともよばれ、かれが薛の初代の君主であるとすれば、二代目の田文《でんぶん》もやはり薛公とよばれる。二代目の薛公は孟嘗君《もうしょうくん》ともよばれる。

――あの老人が、孟嘗君か。

食客数千人をかかえ、諸侯を憚畏《たんい》させる天下の実力者が孟嘗君なのである。各国の堂上にいる人々についてはとぼしい知識しかもちあわせていない呂不韋でも、孟嘗君の盛名は知っている。

しばらく呂不韋はあたりの光景が目に映らなくなった。気がつくと孟嘗君の従者はすっかりいれかわっていた。雉もいない。目のまえに豎臣《じゅしん》が立っている。

「宮中をご案内いたします」

老人のいった家とは、この宮室なのである。呂不韋は夢心地で宮中を歩いた。宮殿といっても奢侈《しゃし》な造りではない。正直にいえば、陳《ちん》の大賈《たいこ》である西忠《せいちゅう》の家のほうが華美である。豎臣はいろいろ説明してくれたあと、庭にひかえている男に、

「あとは、たのみます」

と、いい、去って行った。男は宮中警備の役人で、いわゆる寺人《じじん》である。その寺人に先導されて宮門をでた呂不韋は、さほど歩かずに舎に着いた。孟嘗君が客にあたえる舎に三等があることはよく知られている。三等が伝舎《でんしゃ》、二等が幸舎《こうしゃ》、一等が代舎《だいしゃ》である。なんと呂不韋には代舎があたえられた。賓客《ひんかく》の宿泊所であるから、住居、備品、食膳のすべてが最上で、自由に馬車をつかうことがゆるされている。寺人は代舎の長のもとにゆき、

「呂先生をおつれしました」

と、いった。代舎の長は呂不韋をみて、その若さに軽くおどろいたが、呂不韋が君主に招待された者であることはすでに報《しら》されていたので、

「どうぞ、こちらに——」

と、鄭重《ていちょう》さをたもったまま、ひとつの舎の戸をひらき、呂不韋をなかにいれた。

一礼した代舎の長は、

「ほどなく宮中よりお迎えの者がまいります。今夕は、わが君が先生をお招きして、ともに食事をなさるとのことです」

と、おもむろにいった。

呂不韋の夢心地は消えない。孟嘗君に賓客として迎えられた者は、そろって一流の人物であり、他国へ行って、

「薛では代舎を拝借しました」

と、いえば、けっしておろそかにされないであろう。呂不韋はまぎれもなく、いま、代舎にいるのである。

この感動がなみなみならぬものであった証拠に、のちに呂不韋が鼎位《ていい》を得てから、客を大いに招き、ついに百科辞典の要素をもった『呂氏春秋《りょししゅんじゅう》』（『呂覧《りょらん》』ともよばれる）をかれらとともに完成するのである。その書物は呂不韋の好奇心の旺盛さを表している。呂不韋は商賈《しょうこ》の道を歩き、あるときに政界に足を踏みいれるが、かれはどの道を歩こうが、

「学人《がくじん》」でありつづけた。この世は学問の場でないところはないというのが呂不韋のひそかな主張であったのではないか。

二

呂不韋《りょふい》の近くにいるのは、八十歳をすぎた孟嘗君《もうしょうくん》である。

戦国中期を代表するこの英雄は、いまやおだやかに薛《せつ》を治めている。

父の田嬰《でんえい》が外交の名手であったことから、孟嘗君は外交をそつなくこなすが、かれの本領発揮は行政にあり、軍事を起こすことは本意ではなかったにもかかわらず、かれの指揮によって動いた兵はほとんど負けを知らなかった。かつて無敵を誇っていた秦《しん》兵も、孟嘗君の兵に痛撃されて、色をうしなったことがある。したがって孟嘗君の武名は天下に鳴りひびいている。

が、もともと寡欲の人で、孟嘗君は斉《せい》と魏《ぎ》と秦で宰相をつとめたが、いずれの国にいても、領土拡大のための侵略戦争をおこなったことはいちどもない。あえていえば孟嘗君の脳裡《のうり》に描かれた未来国には中国統一などというものは破片もなく、その理想は、徳の高い君主が諸国を総攬《そうらん》してゆくというもので、諸国は調和して在りつづけるべきであり、盟主はその調和を紊《みだ》す者のみを討伐するというのが軍事の正当である、と考えていた。この尚古《しょうこ》思想は、古い考えかたではなく、むしろ斬新なものであった。斉ではさまざまな学問が起こったが、太古の政治形態の研究もさかんにおこなわれ、たとえば君主の席を血胤《けついん》からはずして有徳の臣下にあたえる禅《ぜん》譲《じょう》などというありかたが一般に知られるようになったのは、孟嘗君が若年のころからである。若い孟嘗君は新興学問の嵐のなかに立っていたとおもえばよい。そこでかれがつかんだ経《たていと》とは、人を治めるのは神でも血胤でもなく、人である、というごく単純なことであったのではないか。その主題に、

「仁徳」

あるいは、

「仁義」

というものをすえ、その延長上に寡欲があった。皮肉なことに、なに不足なく育ったはずの斉の湣《びん》王には驕慢《きょうまん》さと貪欲さが身につき、その底知れぬ欲望と孟嘗君の寡欲が衝突した。強者は弱者を倒し財を奪えばよいとする湣王にたいして、強者は弱者をいたわるものであるとする孟嘗君が協調できるはずはない。要するに、孟

嘗君は他国の土地を奪わなくても、天下の人の心を取れば、天下の主になることができると信じていた。湣王が天下を取りたければ、そうすればよい。諸侯をすべて滅ぼすなどということは、百年をかけても、できることではない。

孟嘗君の徳治と湣王の力政《りょくせい》とはあいいれない。そういう対立がつづいたあと、湣王に迫害された孟嘗君は、ついに湣王をみかぎり、魏へのがれた。魏の大臣となった孟嘗君は湣王の危険な妄想を匡《ただ》すことにした。世評は孟嘗君を支持した。湣王は国際情勢のなかで孤児になった。それでも湣王は侵略を敢行しつづけたので、燕《えん》、韓《かん》、魏、趙《ちょう》、秦の五国は連合して斉を攻めて、湣王を死亡させた。ただし湣王が莒《きょ》で横死したことはしばらくわからず、その事実をつかんで魏から薛に孟嘗君が帰ってきたのは、二年前である。

その二年前というのは、湣王の子の法章《ほうしょう》が莒において斉王を称《とな》えた年でもある。のちに法章は斉の襄《じょう》王とよばれる。

斉にはいま燕軍の占領行政府があり、元帥の楽毅《がっき》が政治をおこなっている。はっきりいって、その政治は善政である。孟嘗君は沈黙をまもっているものの、その沈黙が楽毅の政治を支持していることの表れである。このまま楽毅が善政をつづければ、斉の国民は燕の制令に慣れて、復興の意欲をうしなうであろう。それでもよい、というのが孟嘗君の態度である。孟嘗君は斉王の孫である。にもかかわらず莒で抗戦をつづけている湣王の子を応援しなかった。

要するに、孟嘗君にとって、国境というものは意味をなさず、湣王のように人民を苦しめる君主は不要であり、人民にてあつい政治をおこなう者であれば、たれが統治者になってもよいのである。その統治者に自分がなろうとおもわないのが、孟嘗君の欲のなさというものであろう。

「わしは老いた」

食事の席で孟嘗君はいった。

——何が老いたのか。

呂不韋はそう反発したくなった。慈光苑《じこうえん》で、孟嘗君は田圃《でんぽ》にはいって農作業をしていたではないか。そこには老懶《ろうらん》のきざしさえなかった。が、みずから老いたというう。

「老いると、人事がうとましくなる」

まるで孟嘗君は呂不韋の胸裡に浮きあがった疑問にこたえるようにいった。

太古、人は小集団をなして天地のあいだをさまよっていた。天地のあいだというのは山岳のことである。地におりれば、人は死ぬ。平原などというものは、太古の人々にとって死地以外のなにものでもない。やがて人は農耕をおぼえ、その死地を生地に変えようとした。が、そのことによって、おそらくなにかが歪《ゆが》みはじめた。たとえば、いままでたれのものでもなかった平原が、人によって占有化されるようになった。鳥獣と共存していた人が、人だけの住居区をつくった。そのため人は人とはべつな生物や現象に語りかけていたことばをうしなったといえる。ことばは、人境のためだけにある、と人は錯覚した。

「わしは往時にうしなわれたであろうことばに、あこがれるようになった。人が好きでたまらなかったわしが、そういう憧憬《しょうけい》をもつ。これがすなわち老いたあかしである」

孟嘗君がそういいきった瞬間、呂不韋は胸中に火を投げこまれたように赫《かっ》とからだが熱くなった。

——この人は、老いたのではない。

真の君主になったのだ、と呂不韋は痛感した。君主は自分のことを寡《か》とか孤《こ》というではないか。君主は生まれながらに孤児なのである。それゆえに人のことばに偏《へん》曲《きょく》を求めず、この世に公平をさずけることができる。が、君主は真に孤独でないために、偏失をくりかえし、世の人々の尊敬を得ることができない。しかしながら孟嘗君は古代の聖王たちの心境に達したのではないか。呂不韋はそうおもった。おもっただけではなく、恐れながら、と口をひらき、自分の想念を述べた。

孟嘗君は目もとを明るくして、いちど口をすぼめ、それから、

「呂氏とは、こういう人です。魯《ろ》先生、おわかりいただけましたかな」

と、呂不韋のとなりにすわっている男に顔をむけた。膳夫《ぜんふ》をのぞけば、室内には四人しかいない。孟嘗君と叔佐《しゅくさ》と呂不韋、それにこの男である。

男は壮年で、風槩《ふうがい》を感じさせる。

——何者であろう。

部屋にはいったときから、呂不韋は気になっていた。風貌や居ずまいからかよってくるものは、孫子《そんし》（荀子《じゅんし》）に似ているが、孫子が活力を心身の奥の奥にたくわえているのにたいして、魯先生とよばれたこの人物は、活気がみえがくれする。べつなことばでいえば、心骨が片肌をぬいでいる。そうみえたということは、魯先生は、心骨の着衣のみだれをきらう儒者ではないであろう。

みじかいあいだに呂不韋はそれだけのことを考えたが、じつはこの人物は、

「魯仲連《ろちゅうれん》」

と、いい、儒者である。

斉人《せいひと》で、非凡な頭脳をもち、才気煥発《かんぱつ》といってよく、若くして一家をなした。斉の宰相であった孟嘗君はこの壮意に満ちた儒者に着目し、敬尚の辞をもって招き、交誼《こうぎ》を乞うた。その事実が魯仲連の名をいっそう高くしたといってよい。孟嘗君が魯仲連を敬愛したのは、その学識の豊かさゆえというより、儒者にはめずらしい俠気《きょうき》をみぬいたからであろう。はるかのちに司馬遷《しばせん》は、『史記』のなかで、

——好みて高節を持《じ》す。

と、魯仲連を評している。節はもともと竹のふしのことであるが、人としてのけじめをも意味する。儒者がかかえている命題のひとつに、礼、があり、その礼と国家の秩序とはむすびつきやすく、儒者の多くは体制のなかで機能することになるのだが、魯仲連は王侯貴族のたれにも仕えずに一生をおえた。そこに稀代《きたい》の節義を司馬遷はみたのであろう。

「呂氏は好学の人です。魯先生、ひとつ、呂氏をあずかってくれませんか」

と、孟嘗君はいった。

魯仲連は快諾した。

「ただし、いつまでここにいるかわかりません。それでよかったら——」

と、魯仲連は理勢をほのめかした。

かれは臨淄《りんし》に一家をかまえていたが、斉軍が大敗し、湣王が臨淄を放棄した時点で、戦渦《せんか》の外に出て、薛にはいった。薛に避難した学者は魯仲連のほかにもいる。当時、孟嘗君は薛にはおらず、魏の大臣として大梁《たいりょう》にいた。東行した魏軍は泗水《しすい》のほとりに進出したが、薛には近づかず、一方、臨淄を落とした燕軍はみじかいあいだに斉の七十余城を攻め取ったものの、やはり薛には兵馬をむけなかった。東方全体が訇磕《こうかい》のなかにあるというのに、薛という一邑だけが、猛《たけ》り狂う兵の鬨《こえ》のとどかぬ静泰《せいたい》を保っていた。

「孟嘗君の邑」

は、他国の兵の腰を引かせるほど威厳がある。ここに寄住していた魯仲連は、愛国心のゆたかな人でもあり、燕軍に屈しない莒と即墨《そくぼく》をひそかに応援しており、

——斉王が治める臨淄へ帰りたい。

と、口にはださないが、つねに願っている。孟嘗君は自分を迫害した湣王の子がいる莒には冷顔をむけており、この点では、魯仲連と孟嘗君の心情にずれがあるといってよい。

三

呂不韋《りょふい》は薛《せつ》におよそ一年いた。

かれはここで成人になった。陽翟《ようてき》の実家をでてから五年がたったということである。士は二十歳になると頭に冠をのせるが、賈人《こじん》は巾幘《きんさく》をつける。

夏のある日、呂不韋は魯仲連《ろちゅうれん》に呼ばれた。

「わしはまもなく薛を発《た》って臨淄《りんし》へゆく。なんじはどうするか」

と、問われたのである。

呂不韋ははっとした。

――斉《せい》の国情に変化があったのだ。

「燕《えん》軍が臨淄から去ったのですか」

「そうだ。斉王が莒《きょ》から臨淄へお移りになった」

魯仲連は呂不韋にいわなかったが、斉王の使者が薛にきたのである。いま斉軍は国内にいる燕兵を駆逐しつつある。それを孟嘗君《もうしょうくん》に報《しら》せると同時に、同盟を乞うことが使者の任務であった。そのことはとりもなおさず、湣《びん》王の子の法章《ほうしょう》が莒において随意に王位にのぼったことを孟嘗君に難色をしめされてはまずいと恐れ、かれが王位についたことの正当を孟嘗君に認めてもらおうとする狙いがある。

——孟嘗君が納得すれば、世論も納得する。

この斉王の内意をうけている使者は、孟嘗君にたいして、頭を低くし、辞も低くした。そうせよ、と斉王にいわれたからである。が、孟嘗君との同盟は、斉王の本意にはない姑息《こそく》な手段である。なぜなら、

——わが父を殺したのは孟嘗君である。

という怨笛《えんてき》が心のすみで鳴りやんでいないからである。湣王に逐《お》われた孟嘗君は魏《ぎ》にはいって、復讎《ふくしゅう》のための謀計を練った。おもてには孟嘗君はでなかったが、そうにちがいない、と斉王は考えている。その謀計に、魏、燕、韓《かん》、趙《ちょう》、秦《しん》の王が乗ったというのが、五国連合であり、その連合軍によって斉軍は大敗し、湣王は亡命先をもとめてさまよい、ついに莒で横死した。湣王の子としては、父のいのちを罄竭《けいけつ》させたのは、五国連合の首謀者である孟嘗君にほかならない、とおもわざるをえない。その孟嘗君に同盟を乞うのは、斉王としては含垢《がんこう》そのものであるが、とにかくいまは斉の国情を安定させるのが先決であり、そのためには世論に絶大な影響力をもつ孟嘗君と和合したかたちをしめすのがよいという側近の進言を容《い》れて、斉

王は使者を薛に送ったのである。

「よいでしょう」

孟嘗君は淡然《たんぜん》といった。

かれは楽毅《がっき》の占領行政をひそかに支持しつづけてきたが、新しい燕王がおこなった愚劣な将軍交替命令に反発した楽毅が趙に亡命したいまとなっては、斉の新しい主権者に湣王のように悪政をおこなってもらいたくはないと願うのみで、斉の国政に関心をもたない態度を保った。

が、魯仲連の情意はそこまで枯れてはいない。

——臨淄へゆく。

と、速断した。臨淄へ帰る、というのが魯仲連の心情の声かもしれない。臨淄こそが、かれの思想と存在とを表現できる場なのである。斉という国をのぞいては、魯仲連の活力は半減する。そこにこの思想家の限界があったともいえよう。

とにかく、知恵がゆたかで、才覚をそなえているこの儒者は、孟嘗君からあずけられた呂不韋という若者に新鮮な感性をみつけていた。その感性というのは、のちにいうところの芸術にかかわるものであるが、呂不韋には生来の審美眼があり、音楽を理解する能力があることが魯仲連にはおどろきであった。戦国の世では、無用の第一にあげられる音楽にふれた呂不韋は、またたくまにそれを吸収しはじめた。琴瑟《きんしつ》よりも笙鼓《しょうこ》に良能《りょうのう》をみせ、音楽の玄奥《げんおう》さを知った。そういう呂不韋を手放すことは、魯仲連としては惜しい。魯仲連の考えとしては、音楽は無用のようでありながら、じつは調和を考えるうえで大いに有用であり、仁義という、人の愛情のありかたも、調和がなければ自我のけわしさに埋没するしかない。極言すれば、音楽がわからなければ、人を愛する愛しかたがわからない。魯仲連は優秀な弟子をもっているが、かれらは仁義を理においてとらえ礼において表現しようとする。たとえば親孝行は親にむけられる愛情表現であるが、それは仁という理念にふくまれる。儒教のなかで至尊《しそん》といえば、それは天子でも王でもなく、父母のことなのである。そう教えられたから、教えられたように父母に仕えるというのでは、その孝行に喜びがない。孝行という形のみが先行して、実が置き去りにされている。魯仲連は師としてくりかえしそのことをいうが、弟子の大半は理性でそれをわかろうとする。感性でわかる者はすくない。儒教がなぜ、楽《がく》、を尊重するのか。わかる者は稀有《けう》といってよい。

――不韋は、その稀有のひとりである。

魯仲連は弟子の成長をみるのが楽しみであり、呂不韋のごとき大器を感じさせてくれる者を、しばらく手もとにおきたいので、わざわざ呂不韋を呼んだのである。

この好意が呂不韋に染《し》みぬはずはない。

——師に従って臨淄へゆきたい。

と、当然のことながら、おもった。が、懸念がひとつある。小環《しょうかん》のことである。小環の将来を考えると、邯鄲《かんたん》にいる鮮芳《せんほう》に養育してもらうのが最善である。むろん小環が大梁《たいりょう》の唐挙《とうきょ》に仕えたいといえば、あえて邯鄲につれてゆくことはないのだが、そのあたりの小環の希望と意志とをたしかめてから自分の身のふりかたをきめたい。

呂不韋は率直に真情を述べた。

無償で人を助けることが俠気《きょうき》であり、そこに義があると考える魯仲連は、

「人の徳は弱者をいたわるところから発する。薛公の盛名もそこにある。わしは三日後に出発するが、いつでも臨淄にくるがよい」

と、温言を呂不韋にあたえた。

学問をつづけたい呂不韋は、小環の件をかたづければ、邯鄲の慎到《しんとう》の門下にもどらず、魯仲連のもとへゆく気持ちをかためた。それゆえ、退室した呂不韋はその足で叔佐《しゅくさ》のいる宮室へ行き、面会して、

「師を見送ったあと、大梁にもどります」

と、告げた。

叔佐は孟嘗君の末子といってよい人である。末子のあざなは、季《き》、であり、叔、ではないはずだが、呂不韋の知るかぎり、孟嘗君の子に季のあざなをもっている者はいない。その子は早逝したか、この邑をでて他国に居をかまえているか、どちらかであろう。

叔佐は父にかわいがられている。それは呂不韋が慈光苑《じこうえん》にいるときにわかった。薛にきてから、叔佐のことを、衛叔《えいしゅく》、とよぶ人がいたので、叔佐の母が衛の公女であることもわかった。四年前に亡くなった衛の君主の嗣君《しくん》は孟嘗君の親友であり、その嗣君の女《むすめ》が叔佐の母であろう。叔佐が孟嘗君に愛されるわけのひとつに生母の存在があるが、それをわきにおいても、

――この人には陰黠《いんかつ》さがかけらもない。

と、呂不韋におもわせる性格の明るさとすがすがしさがある。さすがに孟嘗君の子だけあって、威、をそなえ、烈しさをもちあわせているが、横暴をみせたことはない。真の勇気をもっている人とは叔佐のことであろう、と呂不韋は自分より十ほど年上のこの貴人に敬意をいだいている。

──孟嘗君はこの人にあとを継がせたいのではないか。

ふと、呂不韋はそうおもったことがある。が、当の叔佐は、

「わしは兄を補佐するように父にいわれている。そのために、佐、という名がつけられた」

と、いい、かれの心事には君位にかかわる影も形もなさそうであった。その叔佐ははじめ呂不韋に親しみをしめさなかったが、やがて構えを解き、いまでは昵近《じっきん》をゆるしている。

「なんじほど学問を喜ぶ者はめずらしい」

と、叔佐がいったということは、呂不韋が農業に関心をもち慈光苑の黄外《こうがい》に教えをうけていたことを知り、感心したことをふくんでいる。どちらかといえば、叔佐自身は学問を好まない。それだけに呂不韋が喜々として学問にうちこんでいる姿がふしぎなものとして目に映るのであろう。

「厚遇していただき、お礼を申し上げます」

呂不韋は大梁にもどらなければならない事情をあきらかにした。

「わかった。父君に申し上げておく。だが、残念だな。なんじが魯先生のもとから巣立ったら、わしを佐《たす》けにきてもらいたい。こんどは父君の客ではなく、わしの客

として遇しよう」

「かたじけなく存じます」

　客舎に帰った呂不韋は雉《ち》を呼び、三日後に大梁へむかって出発することを語《つ》げた。雉は一年間、食客や邑民《ゆうみん》とまじわり、ずいぶんたくましくなった。薛の住人は気の荒い者が多いというのが世評であるが、なるほど、いかがわしい連中もこの邑にながれこんできている。雉はどういう連類とつきあったのかさだかではないが、ようやく胆気のすえかたがわかったようで、表情や体貌から柔弱《にゅうじゃく》さが消えた。

「馬車でゆけるのですか」

「そうだ。叔佐さまのご好意だ」

　ところが、二日後に、高睟《こうすい》が呂不韋の目のまえにあらわれたことで、予定が屈曲することになった。

異変の秋

一

呂不韋《りょふい》は一瞬、不吉を感じた。

——唐《とう》先生が亡くなられたか。

慈光苑《じこうえん》で臍《へそ》をまげて呂不韋に背をむけた高睟《こうすい》が、自分の意志だけで、ここにくることはあるまい。唐挙《とうきょ》か倓慶《たんけい》に凶事があったのではないか。そういう心構えをして、呂不韋は高睟をみつめた。

「迎えにきた」

口ぶりに冴えがない。

「倓先生のお使いですか」

「いや、唐先生が倓先生に、呂氏が東方にいると危難がふりかかる、はやく迎えの者をだしてもらいたい、とおっしゃったらしい。それで、わたしがきた」

「危難……」

呂不韋は口もとをゆるめた。この邑に危難など、どこにもない。明日、師の魯《ろ》仲連《ちゅうれん》を見送れば、大梁《たいりょう》に帰るつもりである。

「一日、待ってくれませんか」

高睟の面貌に張りがないのは、呂不韋にたいして悪感情をもっている高睟が、この使いを好んでひきうけたわけではないことを、呂不韋にあてつけるようにしめしたかったからであろう、と呂不韋は考え、それに悪感情で応《こた》える愚かさをきらい、辞を低くした。

高睟の目もとに、いらついたものがあらわれた。

——その一日が待てぬ。

と、いいたそうである。

こういう傲慢な迎えの使者は、呂不韋にとって迷惑である。孟嘗君《もうしょうくん》の子の叔佐《しゅくさ》から馬車をたまわっているので、高睟の馬車に乗りこまねばならぬということはない。が、それをあからさまにいうと角がたつので、高睟にひきとってもらうための微言《びげん》をさがしはじめたとき、

「小環《しょうかん》は、こなかったか」

と、高睟に問われた。話題がおもいがけないところに飛んだので、呂不韋はおもわず高睟の目を直視した。

「途中まで、いっしょだったのだが……」

と、いいつつ、高睟は呂不韋の眼光の強さをさけるように、目をそむけた。呂不韋は不明朗なものを感じつつ、

「途中とは、どこですか」

と、多少のするどさをこめて訊《き》いた。目をもどした高睟は、肚《はら》をすえなおしたように表情をあらため、曇りを眉宇《びう》から払って、

「じつは――」

と、力のある声で委細を語りはじめた。

高睟が大梁を出発するまぎわに、男装した小環が馬車に乗りこんできた。呂不韋を迎えにゆくのなら、自分もゆきたい、唐先生のゆるしを得てきたという。むろんその場に倓慶はいたが、

「かまわぬ」

と、いうように高睟にうなずいてみせた。小環が唐挙のゆるしを得たというのは

疑問であるにせよ、好きな男に一年も会わずにいた小環の灼《や》けるような心情を倓慶はあわれんだのであろう。それに高眸の迎えでは、呂不韋がすなおに首をたてにふらないかもしれぬという懸念が倓慶にあったとおもわれる。

「小環が消えたのは、方与《ほうよ》の近くだ」

と、高眸は地図まで画《か》いた。

残暑がきびしいので、昼間、馬車を川辺に停め、ふたりはしばらく休憩した。高眸は車蓋《しゃがい》の陰《かげ》のなかで、川風に吹かれながらねむったのである。小環は髪を洗うといって巨岩のむこうに消えた。その後姿を高眸はみた。目をさました高眸は小環がもどってくるのを待っていたが、あまりに遅いので、胸騒ぎがして、巨岩のむこうをながめた。小環が水浴をしているかもしれぬと気づかい、巨岩を越えて汀曲《ていきょく》をのぞかなかったのであるが、異状を予感したいまとなっては、そういう気づかいを捐《す》てねばならない。高眸は小環の名を呼び、近くの川辺をくまなくさがした。

——あるいは……。

いやな想像だが、川の深みにはまって溺れたのかもしれない。高眸は冷や汗をおぼえつつ、ながれに沿って川面をながめた。が、川面にただよう小環の姿はない。

夕《よる》、高眸は方与の邑にはいった。

多少の冷静さをとりもどした高睟は、小環の失跡をべつの考えでとらえることにした。なんらかの理由で小環が呂不韋のもとに先着しようとすれば、どうであろう。呂不韋がいまどこにいるのかを知っているのは、慈光苑の運営者だけである。当然、小環は慈光苑へゆく。

――しかし、ここまできて、小環が単独先行することはあるまい。

そうなると、ほかに考えられることは、ひとつである。攫《さら》われた、ということである。それなら逆の方向にむかったということがありうる。

高睟は夜明けを待ちかねて、邑門《ゆうもん》のほとりへゆき、門がひらくや、緡《びん》という邑にむかって馬車を走らせた。

が、徒労であった。

小環のような身なりの者を目撃した者は、高睟がききまわったかぎり、ひとりもいない。

ふたたび方与をしらべ、慈光苑へ行った高睟は、黄外《こうがい》に会って事情をうちあけ、呂不韋の居どころをおしえてもらった。

「小環が慈光苑に立ち寄った形跡はない」

と、高睟はいう。

小環はかき消えたのである。

——何があったのか。

呂不韋の気分が沈んだ。凶《わる》い事件にまきこまれた小環をおもうと、居ても立ってもいられない。奴隷の売買をしている男にひっかかると、小環は穢《けが》されたうえに、遠方に売りとばされる。それでも小環がこの世から消えるよりはましか。

——わたしは小環を愛していたのか。

呂不韋はうろたえぎみにおもった。むろん、愛していた。が、それは兄が妹を愛するような愛情の質であった。ところが、小環の失跡というおもいがけない事態に直面したいま、愛情の質が変わっていたことに気づいた。自分をはるばると迎えにきた小環に、なにものにもかえがたいあいらしさを感ずる。小環の性格にある明るさも無類のものである。その個性の光を伴偶《ばんぐう》させて、自身の前途をたくましく拓《ひら》いてゆくべきではなかったのか。

「高睟どの……」

呂不韋は目のまえの剣士にやりきれなさをおぼえた。小環が消えたことは高睟の過失であるとはいえぬが、この男の人格の底になにか冷えがある。もしかすると小環はその冷えを感じて去ったのではないか。呂不韋にしても、高睟と長くつきあってゆきたくはない。高睟の冷えは人を去らせるものである。だが、高睟はけっして悪人ではない。善人であるといったほうがよいかもしれない。その善人から善意を感じられないのは、どうしてであろう。

剣が、そうさせるのか。

高睟の師の倓慶にも、秘された冷えがある。しかしながら呂不韋はその幽昧《ゆうまい》な冷えに嫌悪感をおぼえたことはなく、人格のおもしろさを感じただけである。剣術をつかう者が、すべて、人を拒絶しているわけではない。

——高睟には学問が欠けている。

呂不韋はふとそんな気がした。人は学問によって知識を得る。たしかにそうにはちがいないが、いま呂不韋が実感したことは、学問は人の体温によってつたえられるということである。ふしぎなことに、ことばは人のぬくもりを保存しようとする働きをもつ。ところが、剣術の奥義は無言のなかに存するのではあるまいか。倓慶のような剣術の達人は、ことばにとらわれず、無言にもとらわれず、微妙に顕没《けんぼつ》をおこなっているのであろう。

が、高睟はその境地に達していない。

ことばをかえていえば、高睟は煮え切っておらず、冷え切ってもいない。そこに、人としての風味の悪さがあるともいえる。

「小環に会って、たしかめたいことがありました。その小環がいなくなっては、わたしの前途も消えてしまいます」

焦燥とともにそういった呂不韋は、いそいで叔佐と魯仲連とに会い、わけを語げて、小環を発見すべく、薛《せつ》を発《た》った。

二

手綱は雉《ち》がにぎっている。かれはまえを走る高睟《こうすい》の馬車をながめながら、

「いやな人ですね」

と、陰気な声でいった。

出発するまえに、高睟と雉が、呂不韋《りょふい》がもどってくるのを待っていたとき、

「おどろいたな。あの老人が、孟嘗君《もうしょうくん》であったとは——。呂氏は孟嘗君の客になっていたのか。呂氏の住居は、代舎《だいしゃ》ではないか。すると、わたしも孟嘗君の招待をうけていれば、代舎の住人になれたわけか……」

と、高睟はつぶやいていたという。

雉の耳にはそのいいかたが卑しくきこえた。雉は呂不韋とちがって三等の伝舎《でんしゃ》に住んできたが、伝舎の住民はのこらず誇りをもっていた。これらの食客は孟嘗君に認められて舎をあたえられたのである。客として認定されない者は、薛《せつ》の邑民《ゆうみん》として客舎の外で住まなければならない。

——わたしも孟嘗君の客なのだ。

この事実がはじめて雉に自尊の目をひらかせた。呂不韋の従者だから、伝舎をあたえられたわけではない。孟嘗君は個性のとぼしい者を客として認めない。

「人は、生きていることを、他人とはちがう表現において証拠立てよ」

孟嘗君が暗にいっているのは、そういうことらしい。雉は伝舎に住むほかの客と語るうちにそのことがわかってきた。かれらは出身地も身分もさまざまで、むしろそういうものを棄てたいがゆえに薛にきたといえる。かれらは孟嘗君の客として平等であり、しかもゆたかな個性を喪失していない。客は孟嘗君にしばられることはない。去りたければいつでも去ればよいのである。

孟嘗君は客の食と住とを保証し、しかも義務を課せない。客は数千人いるのである。この無為の集団を養ってゆくだけでも、公費の損は巨《おお》きいであろう。

「薛公はむかし、孫の孫の孫をなんというか、と父君の靖郭君《せいかくくん》に問うて、やりこめたことがあった。自家に財を積みあげて、子孫に残したところで、孫の孫の孫など名も知らぬ者で、いま生きている家臣や客より縁遠い。見知らぬ後裔《こうえい》のためではなく、見知っている家臣や客のために財をつかうべきである。幼少のころの薛公はそういい、靖郭君の名を高め、靖郭君の亡きあと、自分の言を裏切らずにここまできている。この一事をもってしても、薛公、すなわち孟嘗君が、稀代《きたい》の人であることがわかろう」

伝舎に住む客のひとりが雉におしえてくれた。

雉は臓腑がさかさまになるほど驚嘆した。その孟嘗君は自分を客として認定してくれた。自分が仕える呂不韋は、あの若さで、なんと代舎に住む賓客《ひんかく》となった。この事実は、雉という世間に無関心であった少年の意識を、いやおうなく変革した。変化があったあとの雉の意識の目から高睟をみれば、いかにも自分に甘い人であり、あの孟嘗君がこの人を代舎に住まわせるはずがない、としかおもわれない。

「雉よ、高睟は良い人なのだ」

呂不韋はやるせなさそうな顔つきをした。人は完全無欠な人格をそなえているわけではない。それゆえに内なる努力が要《い》る。とくに薛に移住してきた人々は、既成の権威を認めないがゆえに生国を棄ててきたのであり、かれらが尊敬するのは諸国

は、

の王ではなく、孟嘗君ただひとりなのである。その現実をまのあたりにした呂不韋

と、さとった。

——この世には、目にみえぬ位階がある。

人格の尊卑、器量の大小によって、人の位階はひそかにさだめられる。この人民の意識がつくった位階にまったくそぐわない者が高位にいて人民を支配しつづけていると、人民はそれぞれの意識を顕現して、大きな力としてまとまり、不快の源である人物を高位からひきずりおろそうとする。そのように高位から殞《お》とされ、人民にふみつけられた人物を過去に求めると、夏の桀《けつ》王、殷《いん》の紂《ちゅう》王がそれである。人民の意識からすると、そのふたりの王は、人以下であり、それにもかかわらず人として最高位にすわりつづけているので、人民は立ってふたりの王の幻覚を醒《さ》まし、ふたりを捐廃《えんぱい》した。

人は人によってしかるべき位置にさだめられる。

たとえば雉は高睟を自分より下だと内心おもっているにちがいなく、高睟は雉のような奴隷あがりの若者は眼中にない。たがいに相手を軽蔑しているふたりの軽重や上下を決めるのは第三者である。

呂不韋が憂鬱におもっているのは、そういう人物評価ではなく、高眸がいやな面をみせるのは、自分が高眸にいやな面をみせているからではあるまいか、ということである。高眸は倓慶《たんけい》に信用されている。その一事は、高眸の人格を考えるうえで重要な意味をもつ。倓慶は洞察力の欠如した人ではない。高眸にぬきさしならない良実をみたからこそ弟子にしたのであろう。呂不韋にしても、初対面のときの高眸に純な澄明さを感じた。ところがともに旅をするあいだに、高眸の心裏に不可解な暗さがあることがわかった。その暗さというのは、高眸独自のものであろうとおもっていたが、こうして高眸に再会してみると、もしかすると高眸の暗さやいやな面は呂不韋自身がもっているそれが、高眸の澄明さに映ったものではあるまいか、とおもうようになった。

——高眸はいやな人だ。

と、いえば、呂不韋は自分を嫌ったことになりはしないか。やるせないということは、そういうことであった。

呂不韋は、去年、慈光苑《じこうえん》から薛へゆく途中で、鋗《けん》にもとがった感情をむけられた。鋗は好青年にちがいないのに、呂不韋に対したときのみ、けわしさをむきだしにした。その態度の急変と、高眸のべつな顔とは、共通するものがあろう。

——わたしには徳がないのか。

呂不韋は悩まずにはいられない。むろん、こういう心情を雉にうちあけても、しかたがない。

呂不韋は自分の優しさをもてあましたといってもよい。あるいは自分の優しさが通じない人に遭《あ》ったときの哀しさにうちのめされたともいえる。この世をたくましく生きぬいてゆくためには、或る鈍さ、が必要なのではあるまいか。人を傷つけ、自分をも傷つける、するどく繊細な感覚というものは、真の、というより巨きな優しさを表現する場合、かえってじゃまになる。いわゆる、ずぶとさ、が自分には欲しいと呂不韋はおもった。

こういうときに、小環《しょうかん》をおもい浮かべると、呂不韋ははっと気づいた。小環に対しては擬装する必要のない自分があるということをである。小環を求めることは、自分を浄化しようとする自然な心理であり、なまぐさみをもった欲望とはちがう。男には女とはおそらく男を飾りのない本性にたちかえらせてくれるものであろう。男には自浄の生理がない。放っておけば血はよどみ、からだは塵埃《じんあい》のかたまりになってしまう。

——小環が欲しい。

ということは、飾りもせず穢《けが》れもせぬ自分が欲しいということである。

「あの人が、良い人……」

雉は鼻で哂《わら》ってから、高氏は自分のことしか考えない人ですよ、苦しみを他人に押しつけないところに良さはあっても、楽しみを他人に頒《わ》けあたえないのでは、まるで市中の隠者で、集団で暮らそうとする人々にとって異物にすぎず、時勢にとっても障害物になる、自分だけを愛する人は、山中に隠棲したらよい、と手きびしいことをいった。

雉にとって高睟は、生理に適《あ》わない人、ということらしい。

呂不韋は弱い笑いを浮かべた。

気楽に人を嫌悪する雉にうらやましさをおぼえた。

いつのまにか呂不韋は、知をたくわえることによって、もともと自身を動かしてきた情とのつりあいをこころがけるようになった。情を知によって制御しようとするようになったといってもよい。そういう呂不韋にとって、高睟のような人は困惑のもとなのである。この人は嫌いだ、というのが情の声であれば、この人の思想と苦悩はわからぬでもない、というのが知の声である。

ただし、高睟とこれからもつきあってゆきたいとはおもわない、というのが、呂不韋の心底から率直にのぼってきた声である。

「近くの鄙《むら》からあたってゆきます」

薛から方与《ほうよ》にゆくあいだに散在する鄙できこみをおこなう、と呂不韋は高誶にいった。小環は大金を所持していなかったので、盗賊に襲われたとは考えにくい。山中にひきずりこまれて殺されたと考えたくないが、たとえそうであっても、小環をつれ去る人の影を目撃した者がかならずいるはずである。

呂不韋、雉、高誶の三人は野人《やじん》や鄙人をみつけると馬車を停め、下車して、

「こういう身なりの者をみませんでしたか」

と、訊《き》いた。

薛と方与のあいだに胡陵《こりょう》という邑がある。薛を発《た》って三日目にその邑にはいったのだが、さすがに三人は疲労の色を濃くした。気疲れが篤《あつ》くなったといえる。呂不韋は旅館の主人に面会して、数日まえの宿泊者について訊いた。

「さあ……」

主人は首をひねった。心あたりはないというのである。この主人はきさくな男で、呂不韋が薛からきたと知ると、

「まさか、薛公の客ではありますまいな」

と、軽い口調でいった。

「客では、いけませんか」

「客でも、いろいろある。伝舎の客は無法者が多く、他国では迷惑がられている」

「わたしは客でしたよ」

「ほう――、あなたが……、伝舎の――」

「いえ、代舎の、です」

「代舎――」

この若さで孟嘗君の賓客とは――、という目つきで主人は呂不韋をながめた。呂不韋は美貌である。容姿に雅正を感じさせるものがある。

「ふむ、ふむ」

主人は小さなうなずきをくりかえした。それからすこし膝をすすめ、

「あなたのご友人が、まちがって、楚《そ》へ行かなければよいが……」

と、ささやくようにいった。

「楚に何かありましたか」

「ちかごろ、このあたりを、楚の貴族らしき者が多くの従者とともに通る。あれは旅行ではなく亡命だと邑の者はうわさをしている。楚に大異変が起こったのではあ

るまいか」

「大異変、ですか」

呂不韋はふと唐挙《とうきょ》の予言を憶《おも》いだした。昨年、陳《ちん》の西《せい》家において、唐挙は、

――二年後に、陳が楚の首都になる。

と、いった。今年が一年後で、二年後は明年である。楚が遷都をするには、しかるべき理由があろう。が、やむをえず遷都をする場合もあろう。およそ五百年まえに周《しゅう》王朝の首都は宗周《そうしゅう》から成周《せいしゅう》へ遷《うつ》ったが、そのとき周王室に内訌《ないこう》があり、同時に外敵に侵寇《しんこう》されたので、宗周は破壊された。遷都をしたくなくても遷都をせざるをえない事態にたちいたるということはあろう。楚もそうなったのであろうか。

三

胡陵《こりょう》を発《た》って二日後に方与《ほうよ》にはいった。

その夜、高睟《こうすい》は、

「楚《そ》が大変らしい」

と、市中で摭《ひろ》ってきたうわさを語った。

楚の副都というべき鄢《えん》が秦《しん》軍の水攻めにあって陥落し、溺死者の数が二、三十万あったという。

「鄢を落としたのは白起《はくき》らしいが、すでに司馬錯《しばさく》が隴西《ろうせい》の兵を率いて黔中《けんちゅう》を制圧しおえているとのことだ。楚は上庸《じょうよう》と漢水《かんすい》の北を秦に割譲しているので、国土の三分の一をうしなったことになろう」

超大国であった楚の全土の広さは、韓《かん》、魏《ぎ》、趙《ちょう》、斉《せい》という四国をあわせたほどあるが、その西部をうしなったことは、より正確にいえば国土の四分の一をうしなったことになる。昨年まで趙を攻めていた白起軍は、魏冄《ぎぜん》の命令をうけて南下し、いったん魏冄の食邑《しょくゆう》である穰《じょう》にはいって軍器をおぎない、軍資を得て、ふたたび南下した。この軍が手はじめに攻めたのは鄧《とう》という邑である。それをやすやすと攻め落とした白起軍はさらに南へ征《ゆ》き、鄢という大都の攻略にかかったのである。この鄢は、鄢郢《えんえい》、ともよばれ、楚の副都であるのだが、春秋時代の楚の首都とはこれではなかったのか、ともいわれている重要な邑である。

二年前からはじまった秦と楚の戦いで、鄢における攻防がもっとも激烈であった。

楚の正規軍が鄢の救援にむかい、白起軍と戦った。白起という非凡な将は楚の援軍と邑とを同時に葬ることを考え、漢水の水を引いて邑内にそそぎこみ、二、三十万の城兵と邑民を溺死させ、気落ちした楚軍を微塵《みじん》に砕いた。

副都と正規軍を同時に喪《うしな》った楚の痛手ははかりしれず、のちの楚の凋落《ちょうらく》をみれば、この敗戦によって楚の栄光は過去のものになったといってよい。

高睟のいう大異変とはまさにそのことであるが、このころ、白起軍は大勝の余勢を駆《か》って、南下をはやめ、西陵《せいりょう》の攻略にとりかかっていた。西陵の位置は、楚の首都の郢《えい》の西方二百里で、江水《こうすい》の北岸にある。軍が一日三十里すすむとすれば、白起軍は六、七日で郢に至るところまで侵入したわけである。ただし悪鬼のごとき白起でも、一邑を落とすのに、数か月を要するときがあり、実際、西陵を取るのに二か月をついやし、冬を迎えて軍を休めた。冬のあいだに秦の罪人を、鄧、鄢、西陵に移すという植民をおこなうのであるが、これは呂不韋《りょふい》には関係がない。

いまは秋である。

夙夕《しゅくせき》には秋の涼しさがあるが、日中には熱気がある。方与の邑のなかも暑い。汗をかきながら邑内を歩き、ききまわったが、小環《しょうかん》らしき身なりの人を目撃した人に遭《あ》うことはできなかった。小環が消えたのは方与の西である。そこからいきなり慈光苑《じこうえん》へむかうことは考えにくい。かならず小環は方与の邑にはいったはずである。そう信じた呂不韋は翌日も邑の内外で手がかりをさがした。

夜、強風が吹き、急に寒くなった。

——小環は方与に立ち寄っていない。

呂不韋は全身で感じた。慈光苑にゆきたくてもゆけない理由が生じたのであろうが、それが何であるのか、呂不韋にはまったくわからない。小環が大梁《たいりょう》に帰ろうとしたとはおもわれない。

——ふしぎなことが、あるものだ。

あれこれ考えながら目をつむった呂不韋は、夢で水浴する女をみたが、なんとそれは小環ではなく僖福《きふく》であった。僖福がわたしをさがして旅をしている、と感じた瞬間、目が醒《さ》めた。複雑な気分のなかで身を起こした。

「今日は川辺にゆきましょう」

呂不韋は高睟に声をかけた。高睟の口数がすくなくなった。さがし飽きたらしい。横目で高睟の表情をみた雉《ち》は、

「いやな人だ」

と、またいった。行動にまごころがないといいたいのであろう。

小環が消えた地点は方与をでて緡《びん》にむかう途中にある。

川が近くなると、風の冷えがました。

水傍《すいぼう》におりるまでもなく巨岩がみえた。

「小環が消えたのは、あの岩のむこうだ」

と、高睟はゆびさした。呂不韋と雉は岩にのぼり、したをみた。この岩はなだらかな傾斜をもち、川につきでた部分は杓《しゃく》のような形をしている。岩にのぼればかならずそこにゆきたくなる。ふたりは斜面をくだり、岩の尖端に立った。小環がここに立ったことはまちがいないような気がした呂不韋は、あたりをながめた。水浴をするには不向きな場所である。足もとの水のながれが速すぎる。岩をおりてこちらにこなければ、水辺に路らしきものがあり、そこを歩くことになる。その路は樛《きゅう》木《ぼく》にかくされている。水浴するときめていれば、その樛木に衣を掛けて水にはいるであろう。

雉はふりかえり、

「高氏はおりてきませんね」

と、険《けん》をふくんでいった。高睟はこのあたりをさがしつくしたはずである。あらたな手がかりがあろうか、とおもっているにちがいない。

「小環は水神に望まれて、その妻になったかもしれぬ」

と、呂不韋は、川面に目を落とした。やがてその川面に舟の影が映った。はっと目をあげた呂不韋は、通りかかった舟にむかって手をふった。舟をあやつっていたのは若年の男である。かれはたくみに舟を岩の尖端に寄せた。呂不韋は頭をさげて、半月前にこういう身なりの者を乗せなかったか、と訊《き》いた。

「乗せたよ」

舟人《しゅうじん》はあっさりいった。呂不韋の舌はもつれそうになった。

「それで、その者はどこでおりましたか」

「慈光苑の北だ」

「あ、そうですか」

小環がこのあたりに通りかかった舟に乗り、慈光苑の近くをながれる泗水《しすい》の岸におりたのであれば、方与に立ち寄るはずがない。呂不韋は舟人に謝辞をいい、飛ぶように馬車にもどった。

「高氏、小環は舟をつかったのです。慈光苑へゆきましょう」

二乗の馬車は疾走しはじめた。方与の近くを通過し、慈光苑を遠望できるところまできたとき、日がかたむき、斜光のなかに立ち昇る砂塵をみた。おなじように疾走してくる馬車がある。一乗ではない。すくなくとも五乗はある。

雉は手綱をひきしぼった。高睟の馬車も速度を落とした。

「こちらにきますよ。慈光苑へゆくのでしょうか」

と、雉は眉をひそめた。

「そうらしいな」

呂不韋は急接近してくる馬車の集団から目をはなさない。

――おや、あれは鋗《けん》か。

先頭の馬車の御《ぎょ》をしているのは、孟嘗君《もうしょうくん》の食客のひとりの鋗であった。すぐに叔佐《しゅくさ》の顔を確認することができた。正確にいうと馬車は六乗で、最後尾の馬車には幌《こう》がかけられている。

「呂氏か」

「叔佐さま――」

「一大事が勃発した。委細は慈光苑で話す。ついてまいれ」

遠い声ではあるが、峻切《しゅんせつ》さをふくんでいて、呂不韋の耳を強く打った。呂不韋の馬車は幌の馬車のうしろを走った。

坂道をのぼりきり、門のなかにはいって、馬車は停まった。門の近くにいる者に叔佐はみじかくことばをかけて、また馬車をすすめた。

「何があったのでしょう」

雉はときどきうかがうように左右をみた。慈光苑のなかに異状があるとはおもわれない。すると薛《せつ》で異変があったのか。が、薛の異変が慈光苑にかかわりがあるのか。呂不韋は考えながら馬車に乗っている。

母家のまえで馬車をおりた叔佐は、呂不韋に声をかけるまえに、高睟をみとがめた。

「そちらは、たしか……」

「高睟です。昨年、ここで、お目にかかりました」

「そうであったな。高氏は呂氏の友とみた。なかにはいるがよい」

そういった叔佐は呂不韋を目でいざなった。奥からでてきた黄外《こうがい》に耳うちをした叔佐は、のけぞりそうになった黄外をささえるような手つきをし、早足で奥に消えた。高床の部屋にあがったのは呂不韋と高睟のほかにふたりの男であり、鋗や雉は土間にひかえた。幌付きの馬車は母家のまえでは停まらず、母家の裏にまわったようである。

呂不韋はふたりの男のうち、ひとりを知っている。

「来賈《らいか》」

といい、叔佐の重臣である。当然、ほかのひとりも叔佐の臣下であろう。このはりつめた空気のなかでは、小環の安否を気づかうことさえはばかられる。

ずいぶん長いあいだ待った。部屋に灯がともされてから、叔佐は伯紲《はくせつ》と季伃《きよ》、それに黄外とともにあらわれた。悄然《しょうぜん》としたものが呂不韋に染《し》みてきた。着座した伯紲はおもに呂不韋と高睟のほうにまなざしをむけ、いちど大きく肩で息をした。

「薛公が薨《こう》じた」

孟嘗君が亡くなったときかされた呂不韋は自分の耳をうたがった。叔佐と季伃は泣いている。呂不韋の目からどっと涙があふれた。しばらくこの部屋は歔欷《きょき》に盈《み》ちた。

ところが、叔佐のいった一大事とは、孟嘗君の死のみを指していたのではないことが、まもなくわかるのである。


（第三巻　黄河篇に続く）

『奇貨居くべし　火雲篇』は一九九八年三月、中央公論社より単行本が刊行され、二〇〇二年二月、小社より文庫化されました。本書は『宮城谷昌光全集　第十六巻』（二〇〇四年三月、文藝春秋刊）を底本にしました。

中公文庫

新装版《しんそうばん》
奇貨居《きかお》くべし (二《に》)
——火雲篇《かうんへん》

2002年2月25日　初版発行
2020年11月25日　改版発行

著　者　宮城谷昌光《みやぎたにまさみつ》

発行者　松田陽三

発行所　中央公論新社
〒100-8152　東京都千代田区大手町1-7-1
電話　販売 03-5299-1730　編集 03-5299-1890
URL http://www.chuko.co.jp/

DTP　平面惑星
印　刷　三晃印刷
製　本　小泉製本

Published by CHUOKORON-SHINSHA, INC.
Printed in Japan　ISBN978-4-12-206993-0 C1193

定価はカバーに表示してあります。落丁本・乱丁本はお手数ですが小社販売部宛お送り下さい。送料小社負担にてお取り替えいたします。

各書目の下段の数字はＩＳＢＮコードです。978－4－12が省略してあります。

中公文庫既刊より

み-36-7
草原の風（上）　宮城谷昌光
三国時代よりさかのぼること二百年。劉邦の子孫にして、勇武の将軍、古代中国の精華・後漢王朝を打ち立てた光武帝・劉秀の若き日々を鮮やかに描く。
205839-2

み-36-8
草原の風（中）　宮城谷昌光
三国時代に比肩する群雄割拠の時代、天下に乱立する英傑と鮮やかな戦いを重ね、天下統一へ地歩を固める劉秀。天性の将軍・光武帝の躍動の日々を描く！
205852-1

み-36-9
草原の風（下）　宮城谷昌光
いよいよ天子として立つ劉秀。その磁力に引き寄せられるように、多くの武将、知将が集結する。光武帝の後漢建国の物語、堂々完結！〈解説〉湯川　豊
205860-6

み-36-10
歴史を応用する力　宮城谷昌光
中国歴史小説の第一人者が、光武帝や、劉邦ら中国史上名高い人物の生涯をたどりつつ、ビジネスや人間関係における考え方のヒントを語る。文庫オリジナル。
206717-2

み-36-11
呉　漢（上）　宮城谷昌光
貧家に生まれた呉漢は、運命の変転により、天下統一を目指す劉秀の将となるが……。後漢を建国し、中国統一を果たした光武帝が最も信頼した武将を描く。
206805-6

み-36-12
呉　漢（下）　宮城谷昌光
王莽の圧政に叛旗を翻す武将たちとの戦いの中で、光武帝・劉秀の信頼を得た呉漢。天下の平定と光武帝のためにすべてを捧げた生涯を描く。〈解説〉湯川　豊
206806-3

み-36-13
新装版　奇貨居《お》くべし（一）春風篇　宮城谷昌光
秦の始皇帝の父ともいわれる呂不韋。一商人から宰相にまでのぼりつめた波瀾の生涯を描く。十五歳の少年・不韋は、父の命により旅に出ることになるが……。
206981-7

し-20-5
漢字百話
白川 静
甲骨・金文に精通する著者が、漢字の造字法を読み解き、隠された意味を明らかにする。現代表記には失われた、漢字本来の姿が見事に著された好著。
204096-0

し-20-6
初期万葉論
白川 静
それまでの通説を一新した、碩学の独創的万葉論。人麻呂の挽歌を中心に古代日本人のものの見方、神への祈りが、鮮やかに立ち現れる。待望の文庫化。
204095-3

し-20-7
後期万葉論
白川 静
『初期万葉論』に続く、中国古代文学の碩学の独創的万葉論。人麻呂以降の万葉歌の諸相と精神の軌跡を描き、文学の動的な展開を浮かび上がらせる。
204129-5

し-20-9
孔子伝
白川 静
今も世界中で生き続ける「論語」を残した哲人、孔子。挫折と漂泊のその生涯を、史実と後世の恣意的粉飾とを峻別し、愛情あふれる筆致で描く。
204160-8

し-20-10
中国の神話
白川 静
従来ほとんど知られなかった中国の神話・伝説を、豊富な学識と資料で発掘し、その成立＝消失過程を体系的に論ずる。日本神話理解のためにも必読。
204159-2

し-20-11
中国の古代文学（一）神話から楚辞へ
白川 静
中国文学の原点である詩経と楚辞の成立、発想、表現を、記紀万葉と対比し、民俗学的に考察する。神話への挽歌である古代歌謡に〈詩〉の根源を探る。
204240-7

し-20-12
中国の古代文学（二）史記から陶淵明へ
白川 静
「歴史」を通じて運命への挑戦者を描く司馬遷、田園山水に孤絶の心を託す陶淵明・謝霊運らの文学活動を通して「創作詩」の成立過程をたどる。全二巻。
204241-4

し-6-27
韃靼《だったん》疾風録（上）
司馬遼太郎
九州平戸島に漂着した韃靼公主を送って、謎多いその故国に赴く平戸武士桂庄助の前途に待ちかまえていたものは。東アジアの海陸に展開される雄大なロマン。
201771-9

各書目の下段の数字はISBNコードです。978-4-12が省略してあります。

し-6-28
韃靼疾風録（下）
司馬遼太郎
文明が衰退した明とそれに挑戦する女真との間に激しい攻防戦が始まった。韃靼公主アビアと平戸武士桂庄助を軸にした壮大な歴史ロマン。大佛次郎賞受賞作。
201772-6

し-6-29
微光のなかの宇宙 私の美術観
司馬遼太郎
密教美術、空海、八大山人、ゴッホ、須田国太郎、八木一夫、三岸節子、須田剋太――独自の世界形成に至る軌跡とその魅力を綴った珠玉の美術随想集。
201850-1

し-6-31
豊臣家の人々
司馬遼太郎
北ノ政所、淀殿など秀吉をめぐる多彩な人間像と栄華のあとを、研ぎすまされた史眼と躍動する筆でとらえた面白さ無類の歴史小説。〈解説〉山崎正和
202005-4

し-6-32
空海の風景（上）
司馬遼太郎
平安の巨人空海の思想と生涯、その時代風景を照射し、日本が生んだ人類普遍の天才の実像に迫る。構想十余年、司馬文学の記念碑的大作。芸術院恩賜賞受賞。
202076-4

し-6-33
空海の風景（下）
司馬遼太郎
大陸文明と日本文明の結びつきを達成した空海は哲学宗教文学教育、医療施薬、土木灌漑建築と八面六臂の活躍を続ける。その死の秘密もふくめ描く完結篇。
202077-1

し-6-34
歴史の世界から
司馬遼太郎
濃密な制作過程が生んだ、司馬文学の奥行きを堪能させるエッセイ集。日本を動かし、時代を支える人間の姿を活写しつつ、自在な発想で現代を考える。
202101-3

し-6-35
歴史の中の日本
司馬遼太郎
司馬文学の魅力を明かすエッセイ集。明晰な歴史観と豊かな創造力で、激動する歴史の流れと、多彩な人間像をとらえ、現代人の問題として解き明かす。
202103-7

し-6-36
風塵抄《ふうじんしょう》
司馬遼太郎
一九八六年から九一年まで、身近な話題とともに土地問題、解体したソ連の問題等、激しく動く現代世界と人間を省察。世間ばなしの中に「恒心」を語る珠玉随想集。
202111-2

し-6-38

ひとびとの跫音《あしおと》（上）

司馬遼太郎

正岡子規の詩心と情趣を受け継いだひとびとの豊饒にして清々しい人生を深い共感と愛惜をこめて刻む、司馬文学の核心をなす画期的長篇。読売文学賞受賞。

202242-3

し-6-39

ひとびとの跫音（下）

司馬遼太郎

正岡家の養子忠三郎ら、人生の達人といった風韻をもつひとびとの境涯を描く。「人間が生まれて死んでゆくという情趣」を織りなす名作。〈解説〉桶谷秀昭

202243-0

し-6-40

一夜官女

司馬遼太郎

「私のつきあっている歴史の精霊たちのなかでもいちばん気サクな連中に出てもらった」（「あとがき」より）。愛らしく豪気な戦国の男女が躍動する傑作集。

202311-6

し-6-41

ある運命について

司馬遼太郎

広瀬武夫、長沖一、藤田大佐や北条早雲、高田屋嘉兵衛——人間を愛してやまない著者がその足跡を歴史の中から掘り起こす随筆集。

202440-3

し-6-44

古往今来

司馬遼太郎

著者居住の地からはじまり、薩摩坊津や土佐檮原などのつやのある風土と人びと——「古」と「今」を自在に往来して、よき人に接しえた至福を伝える。

202618-6

し-6-49

歴史の舞台 文明のさまざま

司馬遼太郎

憧憬のユーラシアの大草原に立って、宿年の関心であった遊牧文明の地と人々、歴史を語り、中国・朝鮮・日本を地球規模で考察する雄大なエッセイ集。

202735-0

し-6-51

十六の話

司馬遼太郎

二十一世紀に生きる人びとに愛と思いをこめて遺す「歴史から学んだ人間の生き方の基本的なことども」。井筒俊彦氏との対談「二十世紀末の闇と光」を収録。

202775-6

し-6-52

日本語と日本人〈対談集〉

司馬遼太郎

井上ひさし、大野晋、徳川宗賢、多田道太郎、赤尾兜子、松原正毅氏との絶妙の語り合いで、〈実にややこしい言葉〉日本語と日本文化の大きな秘密に迫る。

202794-7

各書目の下段の数字はISBNコードです。978－4－12が省略してあります。

し-6-53　司馬遼太郎の跫音《あしおと》　司馬遼太郎 他

司馬遼太郎――「裸眼で」読み、書き、思索した作家。人々をかぎりなく豊かにしてくれた、巨大で時空を超える、その作品世界を初めて歴史的に位置づける。

203032-9

し-6-61　司馬遼太郎 歴史のなかの邂逅1　空海～斎藤道三　司馬遼太郎

その人の生の輝きが時代の扉を押しあけた――。歴史上の人物の魅力を発掘したエッセイを古代から時代順に集大成。第一巻には司馬文学の奥行きを堪能させる二十七篇を収録。

205368-7

し-6-62　司馬遼太郎 歴史のなかの邂逅2　織田信長～豊臣秀吉　司馬遼太郎

人間の魅力とは何か――。織田信長、豊臣秀吉、古田織部など、室町末期から戦国時代を生きた男女の横顔を描き出す人物エッセイ二十三篇。

205376-2

し-6-63　司馬遼太郎 歴史のなかの邂逅3　徳川家康～高田屋嘉兵衛　司馬遼太郎

徳川家康、石田三成ら関ヶ原前後の諸大名の生き様や、徳川時代に爆発的な繁栄をみせた江戸の人間模様など、歴史のなかの群像を論じた人物エッセイ。

205395-3

し-6-64　司馬遼太郎 歴史のなかの邂逅4　勝海舟～新選組　司馬遼太郎

第四巻は動乱の幕末を舞台に、新選組や河井継之助、緒方洪庵、勝海舟など、白熱する歴史のなかの群像を論じた人物エッセイ二十六篇を収録。

205412-7

し-6-65　司馬遼太郎 歴史のなかの邂逅5　坂本竜馬～吉田松陰　司馬遼太郎

吉田松陰、坂本竜馬、西郷隆盛ら変革期を生きた人々の様々な運命。『竜馬がゆく』など幕末維新をテーマに数々の傑作長編が生まれた背景を伝える二十二篇。

205429-5

し-6-66　司馬遼太郎 歴史のなかの邂逅6　村田蔵六～西郷隆盛　司馬遼太郎

西郷隆盛、岩倉具視、大久保利通、江藤新平など、明治維新という日本史上最大のドラマをつくりあげた立役者たち。時代を駆け抜けた彼らの横顔を伝える二十一篇を収録。

205438-7

し-6-67　司馬遼太郎 歴史のなかの邂逅7　正岡子規～秋山好古・真之　司馬遼太郎

傑作『坂の上の雲』に描かれた正岡子規、秋山兄弟をはじめ、日本の前途を信じた明治期の若者たちの、底ぬけの明るさと痛々しさと――。人物エッセイ二十二篇。

205455-4

し-6-68
司馬遼太郎 歴史のなかの邂逅8 ある明治の庶民
司馬遼太郎
歴史上の人物の魅力を発掘したエッセイの集大成、全八巻ここに完結。最終巻には明治期の日本人から祖父・福田惣八、ゴッホや八大山人まで十七篇を収録。
205464-6

た-13-5
十三妹《シイサンメイ》
武田泰淳
強くて美貌でしっかり者。女賊として名を轟かせた十三妹は、良家の奥方に落ち着いたはずだったが……中国古典に取材した痛快新聞小説。〈解説〉田中芳樹
204020-5

た-13-7
淫女と豪傑 武田泰淳中国小説集
武田泰淳
中国古典への耽溺、大陸風景への深い愛着から生まれた、血と官能に満ちた淫女・豪傑の物語。評論一篇を含む九作を収録。〈解説〉高崎俊夫
205744-9

ち-3-18
諸葛孔明（上）
陳舜臣
後漢衰微後の群雄争覇の乱世に一人の青年が時を待っていた……。透徹した史眼、雄渾の筆致が捉えた孔明の新しい魅力と「三国志」の壮大な世界。
202035-1

ち-3-19
諸葛孔明（下）
陳舜臣
関羽、張飛が非業の死を遂げ、主君劉備も逝き、蜀の危急存亡のとき、丞相孔明は魏の統一を阻止するため軍を率い、五丈原に陣を布く。〈解説〉稲畑耕一郎
202051-1

ち-3-20
中国傑物伝
陳舜臣
詩才溢れる三国志の英雄曹操、宦官にして大航海の偉業を達成した明の鄭和……。中国史に強烈な個性の光芒を放つ十六人の生の軌跡。〈解説〉井波律子
202130-3

ち-3-31
曹操（上）魏の曹一族
陳舜臣
縦横の機略、非情なまでの現実主義、卓抜な人材登用。群雄争覇の乱世に躍り出た英雄の生涯に〈家〉の視点から新しい光を当てた歴史長篇。
203792-2

ち-3-32
曹操（下）魏の曹一族
陳舜臣
打ち続く兵乱、疲弊する民衆。乱世に新しい秩序を打ち立てようとした超世の傑物は「天下なお未だ安定せず」の言葉を遺して逝った。〈解説〉加藤徹
203793-9

各書目の下段の数字はISBNコードです。978-4-12が省略してあります。

ゆ-5-1
本のなかの旅
湯川豊
宮本常一、吉田健一、金子光晴、大岡昇平……。何かにつき動かされるように旅を重ねた十八人が遺した本から、旅の記憶を読み解く珠玉のエッセイ集。
206229-0

よ-5-8
汽車旅の酒
吉田健一
旅をこよなく愛する文士が美酒と美食を求めて、金沢へ、そして各地へ。ユーモアに満ち、ダンディズムが光る汽車旅エッセイを初集成。〈解説〉長谷川郁夫
206080-7

よ-5-9
わが人生処方
吉田健一
独特の人生観を綴った洒脱な文章から名篇「余生の文学」まで。大人の風格漂う人生と読書をめぐる随想集。吉田暁子・松浦寿輝対談を併録。文庫オリジナル。
206421-8

よ-5-10
舌鼓ところどころ/私の食物誌
吉田健一
グルマン吉田健一の名を広く知らしめた「舌鼓ところどころ」、全国各地の旨いものを紹介する「私の食物誌」。著者の二大食味随筆を一冊にした待望の決定版。
206409-6

よ-5-11
酒談義
吉田健一
少しばかり飲むというの程つまらないことはない――。飲み方から各種酒の味、思い出の酒場まで、ユーモラスに綴る究極の酒エッセイ集。文庫オリジナル。
206397-6

よ-5-12
父のこと
吉田健一
ワンマン宰相はワンマン親爺だったのか。長男である著者の吉田茂に関する全エッセイと父子対談「大磯清談」を併せた待望の一冊。吉田茂没後50年記念出版。
206453-9

ウ-10-1
精神の政治学
ポール・ヴァレリー
吉田健一訳
表題作ほか「知性に就て」「地中海の感興」「レオナルドと哲学者達」の全四篇を収める。巻末に吉田健一の単行本未収録エッセイを併録。〈解説〉四方田犬彦
206505-5

キ-3-34
日本の文学
ドナルド・キーン
吉田健一訳
詩人の魂をもって書かれた日本文学入門――とたたえられた著者若き日の美しい情熱の書。詩、劇、小説、欧米の影響の各章によって分析。〈解説〉三島由紀夫
206845-2